徳間文庫

隠密鑑定秘録四

# 縁組

上田秀人



徳間書店

# 目次

# 土芥寇讎記《どかいこうしゅうき》

江戸時代中期の全国諸大名を網羅した人名辞典。編著者不明。全四十三巻。首巻に総目録、巻第一に将軍家の家伝、巻第二より巻第四十二までは元禄三年現在の大名二百四十三名につき、家系・略歴・居城・人柄・編者の批評などが記されている。（参考文献『国史大辞典』）

土芥寇讎記巻第一目録
新田大炊助義重家伝
徳川四郎義季家伝
世良田弥四郎頼氏家伝
世良田次郎教氏家伝
世良田又次郎家持家伝
世良田弥次郎満義家伝

一尾張大納言源光友卿
御家風附謡歌
一紀伊大納言源光貞卿
御家風附謡歌
第三巻
一水戸中納言源光圀卿
御家風附謡歌
一甲府宰相源綱豊卿

家風并評
一松平出羽守源綱通
家風并評
第五巻
一松平加賀守菅原綱紀 本名前田
家風并評
一松平陸奥守藤原綱村
家風并評

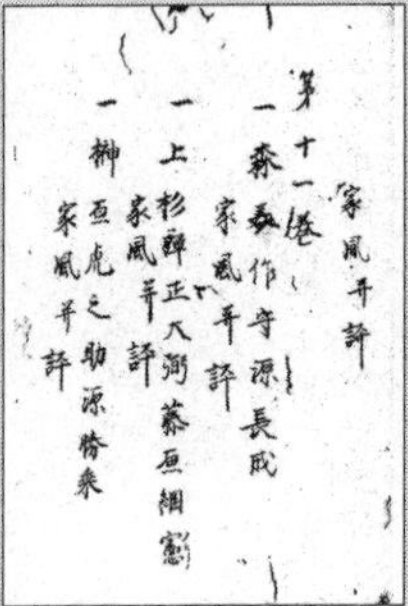
家風并評
第十一巻
一森美作守源長成
家風并評
一上杉弾正大弼藤原綱憲
家風并評
一榊原虎之助源勝乗
家風并評

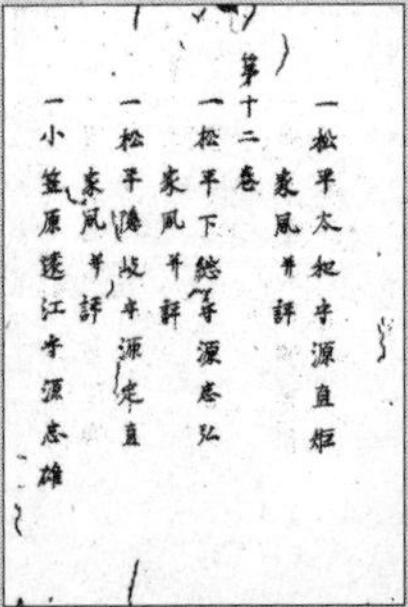
一松平大和守源直矩
家風并評
第十二巻
一松平下総守源忠弘
家風并評
一松平隠岐守源定直
家風并評
一小笠原遠江守源忠雄

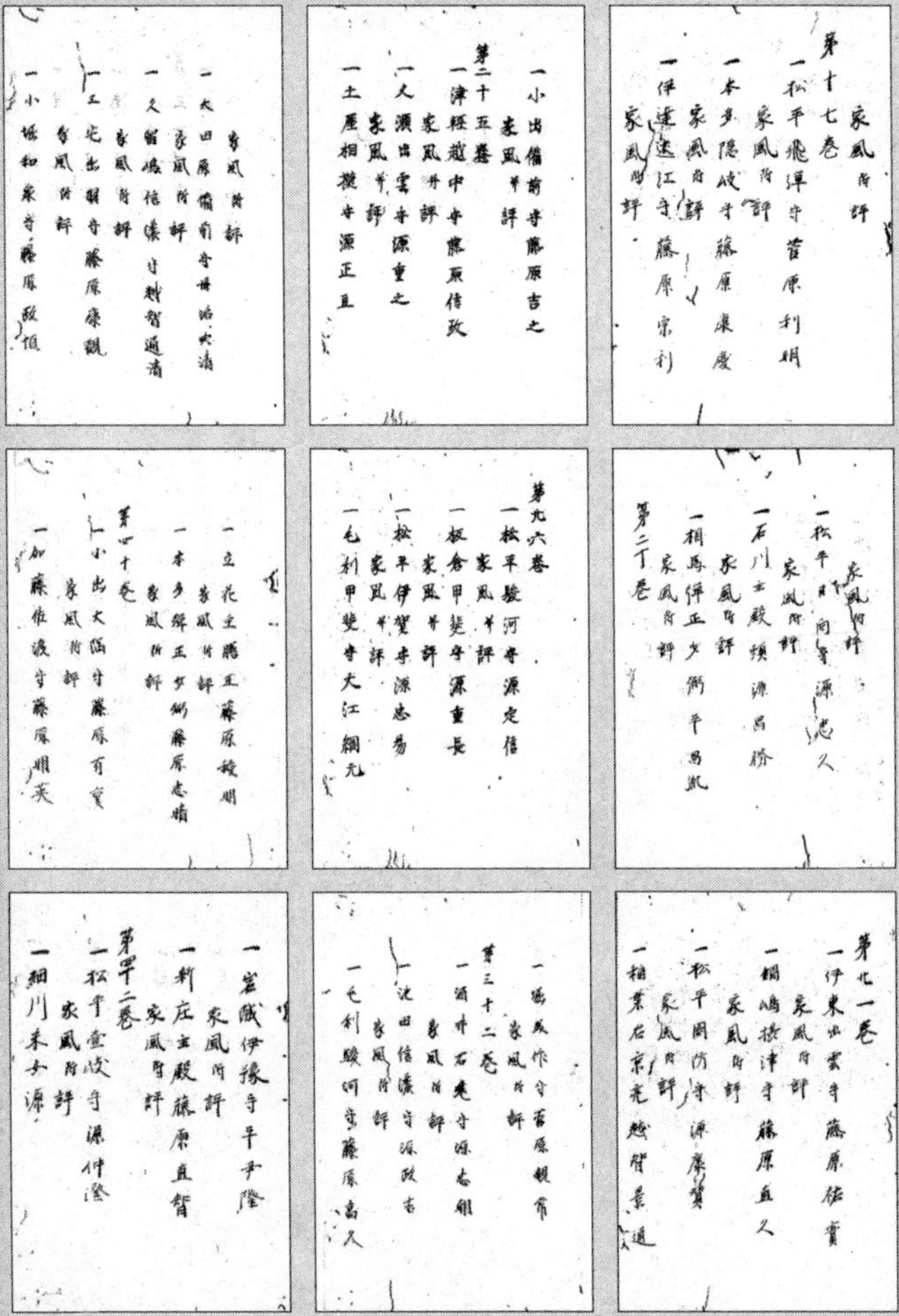

第十七巻　家風附評
一松平飛驒守菅原利明
家風附評
一本多隠岐守藤原康慶
家風附評
一伊達遠江守藤原宗利
家風附評

一小出備前守藤原吉之
家風并評
第二十五巻
一津軽越中守藤原信政
家風并評
一久瀬出雲守源重之
家風并評
一土屋相模守源正直

家風附評
一大田原備前守丹治典清
家風附評
一久留嶋信濃守越智通清
家風附評
一三宅出羽守藤原康雄
家風附評
一小堀和泉守藤原政恒

一松平日向守源忠久
家風附評
一石川主殿頭源昌勝
家風附評
一相馬弾正少弼平昌胤
家風附評
第二十巻

第九六巻
一松平駿河守源定信
家風并評
一板倉甲斐守源重長
家風并評
一松平伊賀守源忠易
家風并評
一毛利甲斐守大江綱元

一立花主膳正藤原種明
家風附評
一本多弾正少弼藤原忠晴
家風附評
第四十巻
一小出大隅守藤原有[illegible]
家風附評
一加藤佐渡守藤原明[illegible]

第九一巻
一伊東出雲守藤原祐實
家風附評
一鍋嶋摂津守藤原直久
家風附評
一松平周防守源康[illegible]
家風附評
一稲葉右京亮越智景通

一[illegible]美作守菅原[illegible]常
家風附評
第三十二巻
一酒井石見守源忠顕
家風附評
一池田信濃守源政吉
家風附評
一毛利駿河守藤原高久

一岩城伊豫守平秀隆
家風附評
一新庄主殿藤原直[illegible]
家風附評
第四十二巻
一松平壹岐守源[illegible]
家風附評
一細川釆女源

「土芥寇讎記」首巻より抜粋（東京大学史料編纂所所蔵）

# 第一章　監察動く

## 一

　かつて闇の覇者として、天下にその名を轟《とどろ》かせた伊賀者《いがもの》の牙《きば》は抜かれた。

　初代将軍徳川家康《とくがわいえやす》最大の危難といわれる本能寺の変で、その避難を手助けした功績をもって幕府に抱えられた伊賀者は、同心として召し抱えられた。

　今まで金で雇われて命を切り売りしてきた日々から、禄《ろく》を与えられる生活への変化は大きく伊賀者を変えた。

　安寧《あんねい》の味を知ってしまったのだ。

　さらに幕府の士分で最下級という待遇に不満を感じた者たちが、伊賀者の乱を起こしたが、数の差に圧倒されて鎮圧されてしまった。

これによって伊賀者のなかで腕利き、反骨心のあった者はいなくなり、残りは幕府の情けに縋《すが》って禄を守った気弱な者だけになった。

とはいえ、伊賀者としての役目はある。

江戸城の諸門や大奥の警固、退《の》き口《ぐち》である山里曲輪《やまさとくるわ》の警備、江戸城下の空き屋敷の管理、江戸城の小さな修繕などは表向きの仕事、その真の姿は幕府の命に応じて天下の大名の内情を調べる隠密であった。

徳川家が天下を取ったとはいえ、外様《とざま》大名などいつ謀反《むほん》を起こすかわからない連中は残っている。

「取り潰す」

「領地を変えよ」

征夷大将軍は、天下の大名を鉢植えのように移したり、改易《かいえき》して領地を取りあげる権限を持つ。

とはいえ、なにもなしで強権発動は名分もなく、強行すれば徳川家への不信へと繋《つな》がる。その証拠探しが伊賀者の仕事となった。

そのために伊賀者は、隠密として連綿《れんめん》と技を受け継ぎ、鍛錬を続けてきた。

「天下泰平を裏から支えているのは我らである」

三十俵二人扶持《ぶち》前後の薄禄で、常人以上の辛苦《しんく》に耐えるには、矜持《きょうじ》が大切であった。

「馬鹿な」

その矜持が多いに傷ついた。

八代将軍吉宗《よしむね》が、紀州から連れてきた腹心をあらたな隠密役としたのである。

「老中どもの走狗《そうく》に成り果てた伊賀者など信用できぬ」

幼かった七代将軍家継《いえつぐ》に代わって幕政を取り仕切っていた老中たちから権力を取りあげ、将軍親政を始めようと考えていた。

そして、それには信用できる隠密が不可欠だった。

「…………」

将軍から不要といわれたに等しい伊賀者は消沈した。結果、伊賀者の熱意は薄れ、鍛錬も形だけのものへと落ちていった。

当然といえば当然の経緯ではあったが、それでも伊賀者は忍《しのび》であったことまでは捨てられなかった。

「みょうだな」

「やはり気になるか」

山里曲輪伊賀者が閑散とした番所で顔をつきあわせていた。

江戸城の退き口である山里曲輪は、老中、黒鍬者《くろくわもの》、伊賀者など限られた者しか通行を許されていない。そのため、人影もなく一日に一度も通行検《あらた》めをすることはなく、伊賀者はずっと雑談をして過ごしていた。

「曲輪の範囲に入ってこぬゆえ、そのままにしておるが……」

「薄いながら気配がするの」

当番の山里曲輪伊賀者が白湯《さゆ》を飲みながら、話を続けた。

「かかわりないといえば、かかわりないのだがな」

山里曲輪伊賀者の役目は、番人に過ぎない。山里曲輪を一歩外れれば管轄外であった。

「気になるといえば、気になる」

二人が目を合わせた。

山里曲輪伊賀者は十名に足らぬ定員で、役目を果たしている。

当番、夜番、非番を繰り返すため、三名ずつで組んでいた。

「誰か一人残ればいいだろう」

「お役目の最中に持ち場を離れるのはまずいぞ」

一人が言い出したことをもう一人が止めた。

「誰も来ぬさ」

「……それはそうだが」

暇といえば、これ以上暇な役目はない。

「止《や》めておけ、室《むろ》、住田《すみだ》」

話に加わっていなかったもう一人が、制止の言葉を発した。

「なぜじゃ。ほんの一刻（約二時間）、いや半刻（約一時間）ほどの間だぞ。それくらいならば、いなくとも問題あるまい。そもそも今、江戸城が攻められることなどないぞ」

室と呼ばれた山里曲輪伊賀者が反論した。

山里曲輪はいざというとき、将軍を甲府《こうふ》城へ逃がすために造られた抜け道のようなものであった。

これを退き口というが、城が落ち、将軍の身に危難が迫らなければ使われることはなく、徳川家が天下を握って二百年近くが経過している泰平の世では飾りどころか忘れられた場所といえた。

「出番はないがな。あちらがな」

口を挟んだ山里曲輪伊賀者が、江戸城の本丸御殿へと目をやった。

「本丸がどうした、幡豆《はず》」

室が問うた。

「白河《しらかわ》さまよ」

「御老中筆頭さまがどうかしたのか」

幡豆の発言に室が首をかしげた。

「重箱の隅を突《つつ》き回っておられるらしい。御広敷《おひろしき》伊賀者から聞いた話によると」

「……まさか、ここにまで視察に来ると」

室が目を剝《む》いた。

「らしい。どうやら八代将軍さまがなされた大倹約をふたたびと、無用な役目を廃止するお考えらしい」

「山里曲輪伊賀者は無用ではないぞ。いざというときの備えであり、知られてはならぬ江戸城退き口の構造を守る重要なお役目」

「出番もないのにか」

幡豆が室をからかった。

「……………」

室が黙った。

「し、しかしだな。執政さまがたかが三十俵二人扶持の伊賀者を……」

「十人合わせれば、三百五十石ほどになるぞ」

静かにしていた住田が口を出した。

「一年で三百五十石、十年で三千五百石。馬鹿にはできまい」

「幕府は四百万石だぞ。そんな些末《さまつ》なことを」

住田の計算に室が首を横に振った。

「些細だから見逃されてきたというのが、執政さまのお考えだそうだ。それに我らだけではない。他にも形だけの役目はいくつもある。そう、例えば旗奉行、桃燈《ちょうちん》奉行、畳《たたみ》奉行など」

「どれも要《い》るものではないか」

室が反論した。

旗奉行は戦のときに使う幟旗《のぼりばた》や軍旗《ぐんき》を差配し、桃燈奉行は江戸城内で使用される提灯《ちょうちん》を管理、畳奉行はその名の通り畳を取り扱う。奉行のなかでは身分は低いが、仕事が仕事だけに配下はそれなりにいた。

「一人でどちらもできるだろうと」

「むっ」

住田に言われて室が詰まった。

「塵《ちり》も積もれば山となる……か」

「であるな」

室がうなったのに住田がうなずいた。

「執政のなさることではないだろうに」

「八代将軍さまのときも、皆そう思ったというぞ。将軍のすることではないと」

紀州から幕政改革をするために将軍となった徳川吉宗は、木綿の衣服を身につけ、食事は一汁一菜、きびしく贅沢を戒《いまし》めて倹約を推進した。

「辞めよ」

反対する者は老中でも罷免《ひめん》した吉宗の改革は、江戸の華やかさを損ないはしたが、借財まみれであった幕府の財政を立て直し、蔵に金を積みあげて見せた。

もっともその改革も、吉宗が死ぬと崩壊、九代将軍家重《いえしげ》、十代将軍家治《いえはる》とわずか二代で、貯めこんでいた金は尽き、またもや幕府の財政は危機に瀕《ひん》している。

「孫である余が、祖父吉宗公のお考えを継ぐ」

御三卿《ごさんきょう》の一つ田安《たやす》家から、白河松平《まつだいら》家へと養子に出された松平越中守定信《えっちゅうのかみさだのぶ》は、老中首座となってまだ若い十一代将軍家斉《いえなり》に代わって幕府を動かしている。

「田沼《たぬま》の愚かな行為で幕府の財政は最悪である」

十代将軍家治の側近で大老格田沼主殿頭意次《とのものかみおきつぐ》は、支出を削る倹約よりも、増収を図るべきだとして、大規模な干拓を計画、数十万両の金を注《つ》ぎこんだ。だが、その思惑は外れ、干拓は失敗、幕府は大きな浪費をしただけに終わった。

「武士は身を慎《つつし》むべきである」

その尻拭《しりぬぐ》いをしようと登場したのが、松平定信であった。

執政の交代のときにはよく見られるが、前任者と反対の政策を執《と》ることが多い。

松平定信もそうであった。

「無駄なことを」

十一代将軍家斉の行動についても、松平定信は苦言を呈《てい》した。

もともと嫡男をなくした十代将軍家治の後継者として、最有力であったのは御三卿田安家の七男であった松平定信であった。

「吾《われ》が将軍となったあかつきには、主殿頭を幕政から排除してくれるわ」

祖父吉宗を尊敬し将軍親政こそ正しいと考えていた松平定信は、政を専横している田沼主殿頭を敵視しており、その排除を公言していた。

「こうるさい小僧」

将軍家治の信頼をもとに幕政を仕切っていた田沼主殿頭にとって、松平定信は目障《めざわ》りであった。

「将軍の血筋なればこそ放言できる」

田沼主殿頭は、松平定信を将軍一族から追い出すように策略した。

「世継ぎにお血筋を賜《たまわ》りたく」

そこへ跡継ぎを失った白河藩松平家から、徳川の血筋を養子にもらえないかという願いがあがってきた。

　徳川家康の母於大《おだい》の方《かた》が再嫁してから産んだ子供を祖としている白河藩松平家は、会津《あいづ》松平家や越前《えちぜん》松平家と違って家康の血を引いておらず、徳川家の親藩ではなく家臣であった。となれば、どうしても幕府での扱いに差が出てくる。

　これをなくしたいと考えていた白河藩松平家にとって、跡継ぎがいないことが好機になった。

「ちょうどよい」

　存分の金ももらった田沼主殿頭は早速動いた。

「任せる」

　すべてを田沼主殿頭に託していた家治は寵臣《ちょうしん》の勧めに従って、これを認可した。

「ご再考を」

　田安家は必死で抵抗したが、将軍の決定には逆らえない。

　松平定信は白河藩松平家へと養子に出された。

「おのれ、主殿頭」

　松平定信が田沼主殿頭を恨んだのは当然であった。親藩ならばまだ将軍への道は細く残ったが、なにせ白河藩松平家は家臣、家臣が主君になることは下剋上となり、許されていない。

結果、松平定信は家臣となり、一橋《ひとつばし》家から養子に入った家斉に仕えることになった。

とはいえ、心から忠誠を誓うはずなどなかった。

家斉は若いこともあり、幕府の財政には興味が薄い。

十万俵の稟米《りんまい》を与えられているが、御三卿は将軍家お身内衆であり、諸侯ではない。

その家臣はほとんどが幕府からの出向であり、領地もないため政《まつりごと》とも縁がなく、財政も気にしなくていい。

「よきにはからえ」

その一言で、すべてがすんできた。

考えかたを変えれば、理想の上司であった。すべてを任せてくれる。一々経緯を報告したり、結果を開示することも不要。

「愚か者は碌《ろく》でもないことをする」

しかし、松平定信は家斉を嫌っていた。

もちろん、将軍継嗣の問題で負けたというのが大きいが、それ以外にも十一代将軍家斉の出だしに不満を持っていた。

それは家斉が将軍継嗣と決まる直前のことであった。

ちなみに松平定信はすでに白河藩松平家へ養子に出ていたため、将軍継嗣の権利はなくなっていた。

「正室が薩摩《さつま》の出では……」

家斉の妻である茂姫《しげひめ》に苦情が出た。

茂姫はまだ家斉が三歳のときに婚姻を約し、そのまま一橋家へ入った薩摩藩八代藩主島津《しまづ》重豪《しげひで》の娘であった。

「将軍の御台所《みだいどころ》は五摂家から出るのが慣例。大名、ましてや外様の島津家出身など論外である」

幕府の高官や御三家から反対意見が出た。

「余は茂を離さず」

それに対し家斉は強硬に抵抗した。

三歳から起居を共にした幼なじみで、婚姻をしたのだ。いわば、家斉の人生そのものといえる。

反対しても、家斉はすでに家治の跡継ぎとして認められている。今更、正室に難ありとして将軍継嗣から外すことはできなかった。

「むうう」

「茂姫との離縁も容易ならずか……」

誰もが困惑したとき、島津重豪が名案を出した。

「島津家は遠い昔をたどれば、近衛《このえ》家の被官でございました」

薩摩はもと近衛家の領土であり、島津家はその荘園を守る守護であった。他国に倣《なら》って、薩摩も近衛家から島津家に拠《よ》って押領されたが、それでも付き合いは残っている。

「茂を近衛家の養女にすれば……」

まさに方便ではあったが、それがなれば将軍の御台所は五摂家から出るという慣習にあてはまる。

とはいえ、五摂家の代表と胸を張る近衛家の矜持は高い。その矜持を枉《ま》げさせなければまずい。

「……よろしかろう」

近衛内大臣経熙《つねひろ》をうなずかせるのに、かなりの金がかかった。

それからして松平定信は気に入らなかった。

「金を払うくらいならば、茂姫を離縁してあらたに五摂家の姫を娶《めと》ったほうが安くつく。どうしても茂姫と別れるのがいやならば、側室とすればすんだ」

松平定信にしてみれば、政に男女の情を絡めるなど論外でしかない。

「愚かなり」

このことで松平定信は、家斉を見限った。

「余が政をいたさねば、幕府は倒れる」

松平定信が決意をより強いものにした。

二

十一代将軍家斉は、射貫大伍《いぬきだいご》が調べてきた安部摂津守信亨《あんべせっつのかみのぶみち》をどうするかで悩んでいた。

「二万石……か」

正確には二万二百五十石だが、二百五十石など気にするほどの差ではなかった。

「人柄温厚篤実《とくじつ》、藩政もおだやかなり」

家斉が大伍の報告を読んだ。

「これで優秀なのか。大名として当たり前であろう」

側近の小笠原若狭守《おがさわらわかさのかみ》に問うた。

「そうなのではございますが……」

小笠原若狭守が困惑した。

「大名は与えられた領地を富ませ、領民どもを保護する義務がある。違うか」

「仰せの通りでございまする」

確かめるような家斉に小笠原若狭守が首肯した。

「ならば、これを特筆せねばならぬというわけは、今の大名どもはそれすらできぬ愚か者ばかりだと」

「…………」

「無言は肯定であるぞ」

黙った小笠原若狭守を家斉が咎《とが》めた。

「恥じ入ることながら、ほとんどの大名は治政に興味がなく……」

「治政に興味がないだと。では、誰が領民の面倒を見ておるのだ」

家斉が憤《いきどお》りながら問うた。

「家老職、あるいは用人《ようにん》でございまする」

「家臣に丸投げか」

「多くは」

「……多くはだと。では少ないので言えば誰だ」

「領内の豪商などに預けているところもあるやに聞きましてございまする」

「領主たるものが商人に領内の仕置きを任せておると」

答えた小笠原若狭守に家斉があきれた。

「武士で勘定のできる者は少なく、大名のなかには皆無かと」

戦場で命を惜しむ原因になると、もの、とくに金へ固執《こしゅう》することを未練として武士は嫌っていた。

「むうう」

家斉が戸惑った。

将軍の曾孫として生まれ育った家斉である。勘定などしたことがないだけでなく、小判を手にしたことさえなかった。

「公方《くぼう》さまはお気になさらずともよろしゅうございまする。御上《おかみ》には勘定奉行を始めとして、そういったことを得意としておるものがおりますれば」

あわてて小笠原若狭守が家斉を慰《なぐさ》めた。商人に仕置きを預けると同じことの言いかたを変えただけである。

「そうか、できるものに差配させればよいのか」

それに家斉は気づかず、納得した。

「左様でございまする。公方さまはそれらを任じられるだけで結構なのでございまする」

小笠原若狭守が将軍は些末なことを気にしなくていいと述べた。

「ふむ。若狭守の申すことは理解したが、なぜ大名はそれができぬ。大名にも家臣はおろうが」

「数が違いまする」

家斉の疑問に小笠原若狭守が首を左右に振った。

「徳川家には、旗本八万騎がおりまする。しかし、百万石をこえる大名でも一万ほど。役立つ者もおりましょうが、とても御上には及びませぬ」

「ふむ。なるほど」

小笠原若狭守の説明に家斉が納得した。

「安部摂津守はましなほうなのだな」

「はい」

確認した家斉に、小笠原若狭守が首を縦に振った。

「情けなきことよな。ここまで武家は衰退したか」

家斉がため息を吐《つ》いた。

「このていどで優秀だというならば、躬《み》の政はどうなる」

「…………」

小笠原若狭守が沈黙した。

「越中の思うがままではないか」

「…………」

肩を落とした家斉を見て小笠原若狭守がいたましそうな顔をした。

小笠原若狭守は家斉が松平定信のことを嫌っていると知っている。

「なにもするな」

言いかたは違うが、松平定信はあからさまに家斉を飾りとして扱い、将軍としての尊敬など欠片《かけら》も持っていない。

たしかに十一代将軍擁立の過程で、松平定信は痛い目に遭った。だが、それは家斉が狙ってやったことではなかった。

家斉を十一代将軍にしたのは、御三卿一橋家当主で家斉の父一橋民部卿《みんぶきょう》治済《はるさだ》と大老格田沼主殿頭意次であった。

一橋治済は純粋に将軍の父という地位を欲しがり、田沼主殿頭は己のおこなってきた政策を家治亡き後も続行したかった。

「吾が将軍となったあかつきには主殿頭を排除し、政を八代将軍吉宗公のなさったことへと戻す」

家治の嫡男家基《いえもと》、当時田安賢丸《まさまる》だった松平定信のどちらも田沼主殿頭の施策を否定した。

結果、家基は十六歳の若さで急病死、松平定信は白河藩へと追い出された。そして候補者がいなくなったことで、幼い家斉にお鉢が回ってきたのだ。

　そう、松平定信が家斉を嫌うのも、無能扱いするのも、家斉からすればとばっちりでしかなかった。

「しかたないことであるな」

　事情を知って、その境遇を呑《の》みこめるようならばよかった。将軍として奉《たてまつ》られ、子孫を作ればいい。気楽な日々が続く。

　あるいは松平定信が力を失うまで雌伏《しふく》するという手もあった。どれだけ権力を誇ろうが、血筋を表に出そうが、終わりは来る。人としての寿命、独裁に対する反発の高まり、いろいろな理由で権力者といえども舞台から追いやられる。死ぬか位を譲るかしないかぎり、将軍であり続ける家斉とは違う。家斉は松平定信よりも若い。待っているだけでいつかは松平定信を蹴落とし、政を手にできる。

　だが、若い家斉はそこまで達観できなかった。

「不遜《ふそん》なり」

　家斉も松平定信を嫌った。

「あやつを除き、躬の思う政をおこなう」

松平定信に反発した家斉が決意した。

とはいえ、将軍になったとはいえ、家斉は政のいろはさえわからない。とてもまともに天下を回していくことなどできないことくらいは、わかっている。そこで家斉は、五代将軍綱吉《つなよし》がおこなった全国の大名の能力、人柄などを調査し、己の配下にしようとした『土芥寇讎記《どかいこうしゅうき》』を新たに作ろうとした。

そのために家斉は、小人目付《こびとめつけ》だった射貫大伍を抜擢《ばってき》し、天下の大名の調査をさせた。その第一弾として報告されたのが武蔵岡部《むさしおかべ》藩安部摂津守信亨であった。

「老中にできようか」

幕府の役人には出世の決まりがあった。

「難しゅうございまする」

家斉の言葉に小笠原若狭守が首を左右に振った。

「前例と慣例がございまする」

「むっ」

不満そうに家斉が頬を膨らませた。

「御上には代々継いできた決まりがございまする。これは神君家康さまから、先代家治さままでの歴史」

「神君以来の歴史……」

現将軍でも口出し手出しできないのが、徳川家を天下人に押しあげた稀代《きたい》の英雄初代将軍家康の遺《のこ》した決まりであった。

「執政になれるのは、古くから徳川家を支えてきた譜代大名に限る」

明確に名指しはしなかったが、家康は老中になれる家柄というのを大枠で決めた。

もっともその大枠も時代が重なるにつれ、少しずつ広げられ、それほど厳密なものではなくなっている。これは、三代将軍家光《いえみつ》が松平伊豆守信綱《いずのかみのぶつな》、阿部豊後守忠秋《あべぶんごのかみただあき》といった寵愛の家臣を引きあげたためというのも大きいが、実際は名門から天下の仕置きを任せられるほどの人材が少なくなってしまったからであった。

「躬の指名でもか」

「公方さまがどうしてもと仰せられれば……」

家斉の要求に小笠原若狭守が口ごもった。

「はっきり申せ。なにがいかぬ」

苛立《いらだ》ちを見せた家斉が問うた。

「お力が足りませぬ」

「力が足りぬだと……」

言いにくそうに告げた小笠原若狭守に家斉が怪訝《けげん》な顔をした。

「家光さまは、家康さまの後押しで三代将軍となられました」

小笠原若狭守が家光の例を口にした。

なぜか父と母に嫌われた家光は、弟忠長《ただなが》に三代将軍の座を奪われそうになった。

「長幼の儀はいたずらに狂わすべからず」

それを存命していた家康が強権でもって、家光を三代将軍とした。つまり、家光は家康の後ろ盾を得たのと同じになった。だからこそ、寵臣を小身から大名、老中へと引きあげられた。

五代将軍綱吉の場合は、継承の争いで最高権力者であった大老酒井雅楽頭忠清《さかいうたのかみただきよ》を排除できたことによる。でなければ小納戸《こなんど》という将軍の身の回りの世話をするていどの小役人でしかなかった柳沢吉保が大老格にまで登られるはずはなかった。

「…………」

まだ己に無理を通すだけの力はないと、小笠原若狭守に言われた家斉が言葉を失った。

「……ではどうすればよい」

「引きあげて当然という道筋を安部摂津守に作っておやりになればよろしいのではないかと」

小笠原若狭守が提案した。

「道筋だと」

家斉が首をかしげた。

「安部家は代々大坂城代助役を命じられておりまする」

助役とは大坂城代の補佐をする者のことである。西国大名から攻められたとき、最初の守りとなる大坂は重要な拠点であった。

そのために大坂は藩が置かれず、幕府の直轄地であり、大坂城代という重職を頂点に助役大名である大坂定番《じょうばん》として玉造口番《たまつくりぐち》、京橋口番《きょうばしぐち》の二名が置かれた。

安部家は代々ではなかったが、この大坂城代定番に補されることが多かった。

「大坂定番……でどうやって手柄を立てさせる。今どきの西国大名は謀反なぞせんぞ」

家斉が困惑した。

「別段、西国大名の攻撃を撃退せずともよろしゅうございまする」

「……どうするのだ」

述べた小笠原若狭守に家斉が訊《き》いた。

「勤務態度がよろしければ、それも功績になりまする」

「……勤務態度がいいだと。当たり前のことではないか。まさか、まじめだというだけで賞賛されるほど、幕府はおちぶれておるのか」

家斉があきれた。

「情けないことながら……」

小笠原若狭守がうつむいた。

「なんということよ」

大きく家斉が嘆いた。

「勤務に真摯《しんし》だというだけで……」

家斉が首を左右に振った。

「となれば、あの者の功績は大きいとなるぞ」

大伍のことを家斉が口にした。

「たしかに公方さまのお指図通り以上のことをいたしております。ですが、陰での働きでございますれば、表だって褒賞を与えるわけにはいきませぬ」

小笠原若狭守が否定した。

大伍が家斉から命じられた内容は、松平定信の代わりを探すことに繋がっている。これが表に出れば、家斉と松平定信の間の亀裂はより大きく深いものになる。

「片付けておけ。二度と公方さまがお遊びに興じられぬようにな」

政敵とはいえ、家斉は将軍である。松平定信がどれだけ幕政を牛耳《ぎゅうじ》ろうとも、手出しはできないのだ。となれば、どうするかは自明の理である。

家斉がなにもできないように、その腹心を始末する。

まず小笠原若狭守が隠居させられる。代わりに松平定信の手の者が御側御用取次《おそばごようとりつぎ》として登用され、家斉と外部の接触を断つ。

次に被害を受けるのは大伍であった。

「職分にふさわしからず」

「勤務態度に思うところあり」

理由ともいえない理由で、大伍は罪に落とされる。

「放逐《ほうちく》する」

かつての小人目付にも戻されず、牢人《ろうにん》として放り出す。牢人になれば、二度と江戸城へ近づくことはできないし、いつどこで死のうとも幕府はかかわりなくなる。

「なにやら牢人が死んでいたそうでございますな。もと御家人《ごけにん》だったらしゅうございますが、哀れなことで」

そう松平定信が家斉に伝えれば、それは大きな警告になる。

「従わねば、次も同じことになるぞ」

「…………」

手足をもがれた家斉は、勝ち誇る松平定信に言い返すこともできない。

「信賞必罰は政の基本であろうが」

「左様ではございまするが……」

憤慨《ふんがい》する家斉に、小笠原若狭守が口ごもった。

「褒美もなく忠義だけを捧げよというのは、どうなのだ」

「…………」

小笠原若狭守が口をつぐんだ。

「答えよ、若狭」

家斉が厳しい声を出した。

「どこかでいうことを聞かなくなりましょう」

苦い顔で小笠原若狭守が言った。

「躬の味方を一人失うことになるぞ。いや、すべての者を失うことになる」

「わたくしめがおりまする」

家斉の言葉に小笠原若狭守が身を乗り出した。

「そなたがよく尽くしてくれているのはわかるが、いつまでも続くまい」

「……それは」

すでに小笠原若狭守は老齢である。いつ体調を崩しても不思議ではなかった。

「それに、そなたには忍の技は使えまい」

「はい」

小笠原若狭守が首肯した。

武士は忍を面体《めんてい》も明らかにできぬ卑怯者、闇に潜む人外《じんがい》として差別している。伊賀者、甲賀者《こうがもの》、根来者《ねごろもの》などの忍以外で、技を身に付けているのは小人目付、徒目付《かち》、黒鍬者などごく少数であった。

「見合うだけのものくらいはやらねばなるまい。でなければ、いつ裏切るかもわからぬ」

家斉は大伍を買ってはいるが、信用はしていなかった。信用できるほど、まだ話もしていないし、顔を合わせたのも十回に満たないていどである。

「ですが、これ以上引きあげることは難しゅうございまする。さすがに半年に満たぬ期間で二度の加増、あるいは身上げは、射貫に注目が集まりかねませぬ」

小笠原若狭守がかえって目立つと苦言を呈した。

今回の役目に抜擢するにおいて、大伍は小人目付から五十俵とはいえ、御家人へと引き立てられている。五十俵など、幕臣のなかでも小身であり、小者からの出世では破格であるが、誰の注意も引かないていどのものでしかなかった。

「ではどうする」

「金をくれてやるのがもっともよいかと」

問うた家斉に小笠原若狭守が告《つ》げた。

「……金か」

家斉が眉をひそめた。

将軍は金を遣わなかった。欲しいものがあれば、側近に何々を持てというだけで届くのだ。自分から商家へ出向くことはもちろん、商人を呼びつけることもない。

どこの大名でも持っているお手元金さえ、将軍家にはなかった。

言うまでもないが、大名も直接買いものをすることはない。その大名のお手元金とは、手近で使っている家臣が気に入る行動を取ったときに、褒美として渡すためであった。

「加増する」

「家格を上げる」

これらは大名が勝手にできるものではなかった。できないわけではないが、家老や用人の反対で潰《つい》えることもあるし、なにより手続きが煩雑《はんざつ》であった。

手早くその場で褒めることが的確な場合や、加増するほどでもないときにお手元金からいくらかを与えるというのが便利であった。

加増や家格を上げると、代々受け継いでいってしまう。当人が隠居しようが亡くなろうが、これらは残る。

つまり永遠なのだ。

「何代当主さまより、お褒めいただいた……」

これは名誉であり、子々孫々に受け継がれていく。たとえ子孫が役立たずでも、この名誉は残ってしまう。

その点、お手元金はその場だけのものであり、数年後本人が失策を犯したときには盾となることがない。

では、なぜ将軍にお手元金がないのか。かつてはお手元金もあった。

「遣わす」

「見事である」

将軍が気に入りの小姓や小納戸にお手元金を与えたことも少なくはない。問題はその金額であった。

将軍となるとお手元金も百両以上になった。当然、与える褒美も十両、二十両になる。

「御使用なされた」

そしてお手元金は遣えば、すぐに補充される。

「いくらあってもたりぬ」

六代将軍家宣《いえのぶ》が、まず五代将軍綱吉の散財に驚いた。

「遣わぬようにいたさねば」

家宣はお手元金を廃止までしなかったが、遣わないようにした。

「………………」

七代将軍家継は間部越前守詮房《まなべえちぜんのかみあきふさ》の傀儡《かいらい》であったため、お手元金も預けてしまった。

「公方さまよりのお心遣いじゃ」

間部越前守詮房はお手元金を、己の勢力を増やすために遣った。

「ふざけたまねを」

これに八代将軍吉宗が怒り、あきれた。

「将軍が金を遣うことはない。なにより家臣どもへ金をくれてやる意味がわからぬ。大名、旗本は将軍家のために働いて当然である」

吉宗がお手元金を廃止した。

これが前例となり、将軍はお手元金を持たなくなった。

「めでたきかな」

寵臣の祝い事など、どうしてもお手元金下賜《かし》をしたいときは、御側御用取次を通じて勘定奉行へ要請が出され、大判が用意されるのだ。

もちろん、すべてが表に出てしまう。

ましてや将軍が目通りもできない御家人に褒賞を渡すなど、あり得る話ではない。

それこそ衆目を集める。

「信賞必罰こそ政の肝だというに、見合うだけのこともしてやれぬのか」

家斉が肩を落とした。

「公方さま……」

言いにくそうに小笠原若狭守が家斉に声をかけた。

「なんだ。よい手でもあるのか」

「よい手と言えるかどうかはわかりませぬが。わたくしをお使いくだされば」

「そなたを……」

家斉が怪訝な顔をした。

「そなたがあやつの代わりに調べると申すか」

「できませぬ」

「では、どういうことか」

否定した小笠原若狭守に家斉が険しい目を向けた。

「わたくしにご加増をくださいませ。それを金に換えて、射貫に渡してやればよろしいかと」

小笠原若狭守が提案した。

「そなたに加増か」

家斉が思案に入った。

「微禄で結構でございまする。二百石もいただければ」

少なくていいと小笠原若狭守が述べた。

旗本の禄は表高の四割が実収になる。二百石だと八十石、精米と現金化の手間賃を引いて、手取りでおよそ七十五両となった。

「二百石か。それくらいならば問題なかろう」

小笠原若狭守の禄は、度重なる加増で六千二百石に及んでいる。まさに二百石など端数でしかなかった。

「御家人に百石与えるより、はるかに目立たぬか」

家斉がもう一度考えた。

二百石と簡単にいうが、これは上級旗本だからこそであった。厳密ではないが、御家人と旗本の区別を禄でおこなえば二百石が境目になっている。例外として三千俵の御家人とか、五十石の旗本とかもいるが、まず区別として問題はなかった。

それだけ二百石は大きい。

しかし、将軍と御側御用取次にとって、二百石などないに等しいものだった。

とはいえ小笠原若狭守が隠居したあともそのままうまく続けられるとはかぎらなかった。

「考えておく」

家斉が小笠原若狭守の提案を保留した。

三

岡部から江戸へ戻った大伍は、屋敷でひとときの休息を謳歌《おうか》していた。

無役の御家人というのは、やることがない。役目があればこそ、出仕できるのであって、無役は屋敷から出る意味がない。

用がないわけではなかった。

役目に推挙してもらうために上役のもとへ通う。生活に要りようなものを購《あがな》うために出る。剣術や槍術《そうじゅつ》などの武術、書道、歌道などの習いごとなどである。

だが、そのようなまともな用で無役の御家人が屋敷を出ていたのは、すでに過去のことになっていた。

「しんどい思いをしても意味はない」

どれだけ武を鍛えたところで、戦《いくさ》がないのだ。手柄を立てることができず、出世に繋がらない。

「引きがなければ無意味じゃ」

役目を欲しがる者は多く、与えられる役目の数倍はいる。縁戚などよほどの引きか、相手を満足させるだけの金を用意できなければ、難しい。

「なにもしなくても、毎年同じだけもらえるではないか」

禄は家に付いてくる。働かねば、小普請金《こぶしんきん》という罰金のようなものを取られるが、さしたるほどではなく、手取りはしっかりと残る。

「ならば、怠惰に過ごすのもよかろう」

こうして御家人は崩れていった。

大伍も表向きは無役の御家人である。

それも五十俵という同心に毛の生えたていどの下級御家人でしかなかった。

「……………」

一日ごろごろと惰眠《だみん》をむさぼっても、無意味に出歩いても不思議でもなんでもなかった。

「なにをなさっておられますので」

一仕事を終えて、屋敷で寝転がっていた大伍の枕元に佐久良《さくら》が座った。

「少し疲れたのでな」

大伍が言いわけをした。

「お役目を果たされたのは、ご苦労さまでございました」

具体的なことは知らないが、佐久良は大伍が誰かしらの密命を受けていると悟っている。そうでなければ、手柄もない小人目付が五十俵に加増されるはずはない。

武家にとって加増は大きい。それが一石でも一人扶持でも、禄が増えるというのは手柄があったとの証明になるからであった。

まれに主家が大幅な加増を受け、その恩恵で禄が増えるという棚からぼた餅のような場合もあるが、そうでなければなにかしらの要因がからむ。

「どういうことだ」

つまり周囲の興味を引く。

「手柄があったか」

とくに小人目付の上司である目付が、注目する。

「射貫大伍とはどのような者であったか」

「そのような者がいたか」

目付たちが首をかしげた。

八代将軍吉宗によって、目付は十人と定められた。旗本だけでなく、飾りとなった大目付に代わって大名も監察する。その権限は大きく、下僚として徒目付、小人目付、黒鍬者などを従える。

また謹厳実直、秋霜烈日《しゅうそうれつじつ》を旨とし、城中の廊下も角に合わせて通るほど厳格である。

「黒麻裃《くろあさがみしも》が来た」

目付だけが許されている黒麻の裃は目立ち、周囲から恐怖をもって遠巻きにされているからか栄転の機会は少ないが、転じるときは大坂町奉行、京都町奉行が多く、そこからさらに勘定奉行、江戸町奉行という旗本の顕官まで登ることもままあった。

「上司である我らに報告はなかったの」

「知らぬ」

目付たちが大伍の出世を知らなかったと首を横に振った。

「我らが知らぬというのは、いかがなものか」

一人の目付が憤慨した。

旗本のなかの旗本、旗本の俊英と目付は讃《たた》えられるし、それだけの気概も持っている。普段であれば小人目付ごときのことなど気にもしない。

「さようか」

辞任の挨拶を受けても、手を振るだけであり、その小人目付の名前さえ訊こうとしない。だが、今回は目付が蚊帳《かや》の外に置かれた。

「ほぼ一月《ひとつき》前か」

目付が奥右筆《おくゆうひつ》から回ってきた加増記録を手にした。

「なにかあったか」

「拙者はない」

監察という役目柄、目付は互いがやっていることを報告しない。目付はすべて同格であり、他の役目のように先任だとか、家柄の上下は関係しなかった。

「誰ぞ、射貫の名前に覚えは」

「ない」

「記憶しておらぬ」

「顔もわからぬ」

目付たちが顔を見合わせた。

「誰も知らぬ、手柄もない。なれど出世した。これが歴々の旗本ならまだわかる。親戚の引きや先祖の功績がある」

歴々とは、およそ家禄千石以上のものを指す。千石となると、その一族には大名や、高禄の旗本がいる。

「お役に立ちたく」

無役でも一族に老中や若年寄《わかどしより》がいれば、

「何役でもよいな」

その贔屓《ひいき》で役目に就《つ》く。

「遠国《おんごく》奉行だが、席が空いた」

「お願いをいたしまする」

栄転もしやすい。当然、役高に応じて加増も受ける。

八代将軍吉宗が幕府の財政を再建するために設けた足高《たしだか》制は、その死とともに形骸《けいがい》化されてしまっている。

本来、足高は優秀だが身分が役に届かない者を引きあげるために考えられたもので、役目を離れると与えられていた本高と役高の差である足高は取りあげられた。

「手慣れた役人こそ褒賞すべきである」

吉宗が亡くなると、役目に就いて数年の経験を積めば、足高は本高に組みこまれる悪習が復活した。

一応、加増はそれにふさわしいかどうかを調べるため、目付部屋を経由するのが決まりであり、結果、加増を受ける者の数が増加し、目付の対応が追いつかなくなっていた。

「思《おぼ》し召しもござれば」

目付が是《ぜ》とするまで加増は止まるはずだったが、それでは役目の就任に遅滞《ちたい》が起こる。将軍や老中の発した人事が滞《とどこお》るとなれば、奥右筆と目付の怠慢《たいまん》となる。

そこで加増や就任を先だっておこなうのが慣例となり、目付がそれを知るのはかなり遅れてからであった。

「いかがでござろうか」

目付の一人が、同僚の顔をみつめた。

「なにがでござろうか」

「この慣習をよしとされようか」

疑問を口にした同僚に、最初に話題を振った目付が尋ねた。

「我らが認めてこその加増であり、身上げでござろう」

目付が言った。

「たしかに、伊藤氏《いとううじ》の言に一理ある」

別の目付がうなずいた。

「我らよりも奥右筆が優先されているのはおかしゅうござるな」

御家人から旗本へのような身上げや加増は奥右筆から目付部屋に回ってくる。そしてそれはすでに決定事項であった。

歳嵩《としかさ》の目付が不満を口にした。

「この一件、調べなければなりませぬな」

伊藤と呼ばれた最初の目付が告げた。

「いかにも」

「小人目付であった者ならば、我らの指示に従うのが筋であるの」

「どのようにして身上げをしたかはわからぬが、御家人ていどならばさしたる後ろ盾でもあるまい」

「ちょうどよい。目付たる我らをないがしろにした者への警告になろう」

一同がうなずき合った。

「預かってよいな」

「伊藤氏に任せよう」

「異議なし」

伊藤の発言に皆が首肯した。

「なれば、呼び出そうぞ」

重い声で伊藤が宣した。


毎日早朝に来て朝食を作り、昼食をともにし、夕餉《ゆうげ》をすませて佐久良は帰っていく。

居間で腕枕をしながら、家事をする佐久良の姿を見て大伍が呟《つぶや》いた。

「悪くないな」

「なにか仰せになりましたか」

廊下ではたきを掛けていた佐久良が、身体《からだ》をひねるようにして大伍へと顔を向けた。

「……………」

腰の細さ、胸の豊かさを強調するようになった佐久良の姿に、大伍が息を呑んだ。

「大伍さま」

呆然《ぼうぜん》とした大伍に怪訝な顔をした佐久良が身体ごと真正面を向いた。

「……いや、すまぬなと」

大伍が目をそらしながら、ねぎらった。

「いえ」

佐久良が首を横に振った。

「開門、開門」

少し気まずい雰囲気を消し飛ばすように外門を叩く音が聞こえてきた。

「お客さまでしょうか」

予定はあったかと佐久良が大伍に訊いた。

「ないが……」

大伍が身体を起こした。

「訊いて参りましょう」

たすき掛けにしていたしごきを解《ほど》きながら、佐久良が表へと急いだ。

「……大伍さま」

すぐに佐久良が戻ってきた。

「どうした、顔色がよくないようだが。来客は誰だ」

大伍が佐久良の様子をいぶかしがった。

「徒目付さまが、御用だと」

「……徒目付が」

佐久良の答えに大伍が怪訝な顔をした。

「咎めを受けるようななにかなさったのでございますか、大伍さま」

「なにもしておらぬわ」

おののく佐久良に大伍が声を強めた。

「ああ、すまぬ。怒ったわけではないのだ」

大伍がすぐに謝った。

「予想していなかったのでな。つい、声を荒らげてしまった」

「いえ」

頭を下げた大伍に佐久良が首を左右に振った。

「とにかく話を聞かねば、わけがわからぬでな」

大伍が立ちあがった。

五十俵ていどの御家人となると屋敷も狭く、客間などはない。居室まで通すか、酷《ひど》い場合は出入りの小上がりで対応することになる。なにせ五十俵は身分が低く玄関を設けることが許されていないのだ。

「射貫大伍でござる」

「徒目付井沢《いざわ》昭吾《しょうご》である」

小上がりに膝を突いた大伍を徒目付が立ったまま見下ろした。

「御用を承《うけたまわ》りまする」

なにしに来たなどと問い詰めることはできなかった。御用という言葉が出た限り、徒目付は将軍の代理になる。

「うむ。小普請七番組射貫大伍、明日午八つ（午後二時ごろ）目付伊藤刑部《ぎょうぶ》右衛門《うえもん》さまのもとへ出向くように」

「明日午八つ、目付伊藤刑部右衛門さまのもとへ参じまする」

大伍が復唱した。

「しかと申しつけた」

言い終わると徒目付井沢昭吾が立ち去った。

「……大伍さま」

井沢昭吾がいなくなるのを待っていたように、佐久良が現れた。

「大事ない」

震えている佐久良に大伍が手をあげてなだめた。

「ですが、午後からの呼び出しは……」

佐久良がすがりついてきた。

幕府というのは妙なところで、身内に甘いというか、変な気遣いをする。罪の言い渡しもそうである。

「佳《よ》きことは早く、悪《あ》しきことは遅く」

情なのだろうが、出世や栄転などのいいことは少しでも早く知りたいだろうと午前早々に呼び出しがあり、切腹や改易、左遷などの悪事はわずかでも遅いほうが心の準備ができるというので、午後からと決められている。

もちろん、それがすべてに適用されるわけではないが、概《おおむ》ねそうなっている。

佐久良が恐怖するのも当然であった。

「何度も言うが、吾はなにもしていない。悪事には一切かかわりがない」

落ち着かせるように、大伍がゆっくりと話した。

「でも……」

「昼からの呼び出しになったのは、吾が軽輩だからだろう。他にやることがあれば、五十俵なんぞ後回しにされるのが普通」

まだ納得していない佐久良に、大伍が明るく言った。

「とりあえず、明日を待とう。さすればわかることだ。今日はもうよい。帰るがいい」

大伍が佐久良の背中を押した。

面倒ごとへの対処は遅れるとより手間になる。いや、下手をすると致命傷になりかねない。

大伍は佐久良を帰したその足で、小笠原若狭守の屋敷を訪れた。

「坂口《さかぐち》どのにお目にかかりたい」

「しばし、お待ちを」

門番は大伍の顔を知っている。五十俵という最下級とはいえ、身分は御家人。小笠原若狭守の家臣たちよりも格は高い。極端な言いかたをすれば、小笠原若狭守と大伍は旗本として同格であった。

「……お待たせをいたした」

座敷に通されて少し待たされたが、茶を飲み干す前に坂口一平《いっぺい》が登場した。

「息災《そくさい》でなによりだ」

廊下で控える坂口一平に、大伍が皮肉を投げた。

先日、大伍は小笠原若狭守に呼び出され、腕試しを受けた。そのとき坂口一平は大伍に対し無礼な態度を取った。

「畏《おそ》れ入ります る」

坂口一平が無表情でもう一度平伏した。

「本日はいかがなさいましたか」

世間話をするつもりはないと坂口一平が、用件を問うた。

「目付が……」

大伍が経緯を話した。

「そのような話は主《あるじ》から聞いておりませぬ」

知らなかったと坂口一平が首を横に振った。

「目付は密を旨とする」

監察である目付が誰を、なにを調べているか漏れれば、証拠隠滅、逃亡されてしまう。とくに権力がある者を訴追するときは気を遣う。小人目付だった大伍はその機微をよくわかっていた。

「で、なにを」

小笠原若狭守にどうして欲しいのかと、坂口一平が問うた。

「なにも」

大伍が首を左右に振った。

「では、なぜその話を」

坂口一平が首をかしげた。

「知っておいていただくべきだと愚案したのでな」

「……どうして」

対処不要ならば報《しら》せずともよいのではないか、主への負担になるだけだと、坂口一平が疑問を口にした。

「若狭守どのならばおわかりになろう。では、これにて」

用はすんだと大伍は席を立った。

「…………」

坂口一平は小笠原若狭守に選ばれて大伍との連絡係を任されるだけの器量がある。頭の回転も速い。だが、今回は大伍の行動を理解できず、戸惑ったまま見送りにも立たなかった。


大奥へ入る家斉を見送り、小笠原若狭守が帰邸したのは日が暮れてからであった。

「お帰りなさいませ」

「なにがあった」

玄関式台まで出迎えた腹心を一目見た小笠原若狭守が声を潜《ひそ》めた。

「射貫さまが……」

「後で聞く」

さすがに玄関先は他の家臣もいてまずい。密事というのは知る者が増えれば増えるほど漏れやすくなる。

「お着替えをなされてからで」

坂口一平も引いた。

当主の着替えは小姓、あるいは近習《きんじゅう》の仕事である。小笠原若狭守は突っ立っているだけで、自らは紐《ひも》の一本も解かない。

まさに手持ち無沙汰《ぶさた》な状況だが、他人目《ひとめ》を避けられないここで話をすることはできなかった。

「ご苦労である。下がれ」

着替えが終わり、一服の茶が用意されたところで小笠原若狭守が近習たちを下げた。

「一平、参れ」

じっと廊下で待っていた坂口一平を小笠原若狭守が手招きした。

「御免を」

一度平伏してから、坂口一平が座敷に入った。

「話せ」

「はっ。本日昼過ぎに……」

促された坂口一平が大伍の話を語った。

「……目付からの呼び出しか」

旗本は皆目付が苦手である。小笠原若狭守が嫌そうな顔をした。

「なにかあったとは聞いておらぬ」

御側御用取次という役目は、将軍への目通りをただ取り次ぐだけでは務まらなかった。城中に拡がる噂なども集めて、これはと思う事柄を将軍の耳に入れるのも仕事であった。

「で、射貫はなにもせずともよいと申したのだな」

小笠原若狭守が確認した。

「はい」

「ふむ」

うなずいた小笠原若狭守が思案に入った。

「……試されておるな」

しばらくして小笠原若狭守が独りごちた。

「殿、試しとは」

坂口一平が尋ねた。

「先日の意趣返しもあるのだろう」

小笠原若狭守が続けて呟いた。

「……殿」

意味がわからない坂口一平が混乱した。

「忘れたのか、我らがあやつを試したことを」

「それは覚えておりまするが、それとあやつの試しが繋がりませぬ」

厳しく言われた坂口一平が首を横に振った。

「わからぬか。いや、まずはあやつという呼びかたをいたすな。射貫は直臣《じきしん》である。しかも公方さまより直接お声を掛けていただいている者である」

小笠原若狭守が家臣を叱《しか》った。

「申しわけございませぬ。以後気を付けまする」

正論に坂口一平が頭《こうべ》を垂れた。

「これ以上、射貫と敵対するようなまねはするな。射貫はしっかり公方さまのお役に立つことを証明して見せた。そしてそれを公方さまは賞賛されておられる」

「公方さまの賞賛を……」

大伍は家斉のお気に入りだと聞かされた坂口一平が、顔色をなくした。

「今後、なにかあれば当家は、そなたを切り捨てる」

「わたくしを……」

やりすぎたのだと冷たく断じられた坂口一平が息を呑んだ。

「公方さまにとって、射貫は代わりなき者である」

「…………」

告げられた坂口一平が声をなくした。

「さて、問題はなにもしてくれなくてもいいとの言葉じゃ」

小笠原若狭守が話をもとに戻した。

「なにもせずともよいと言われるのであれば、そのまま見ているだけでもよろしいのではございませぬか」

「…………」

話題の切り替えに坂口一平が応じた。

「いけませなんだでしょうか」

冷たい目で小笠原若狭守に見られた坂口一平が戸惑った。

「なにもせぬ。それはなにもできぬと同じ」

小笠原若狭守がため息を吐いた。

「では、動かれると」

「もちろんじゃ。明日早々に対応する」

確かめた坂口一平に、小笠原若狭守がうなずいた。

「なにもせずともよいというのは、表向きだと」

「本気でそう思ってもいよう。それに射貫ならば、実際目付くらいならばあしらってみせるだろう」

「なれば……」

「まだわからぬのか」

小笠原若狭守が坂口一平の察しの悪さに怒りを見せた。

「…………」

坂口一平が黙った。

「ここでなにもしなければ、射貫は余を見限ろう」

「殿を見限るなど、僭越《せんえつ》な……。なにより、そのようなことはできますまい。射貫さまの後ろ盾でございまするぞ」

坂口一平が反論した。

「わかっていなかったのか。射貫は公方さまのお気に入りであると言っただろう」

「……まさかっ」

ようやく坂口一平が気づいた。

「そうよ。今回余が役に立たねば、今後あやつは公方さまに直訴するだろう。そうなれば、不要になるのは余だ」

大伍の代わりに加増を受けるという話など、一発で吹き飛んでしまう。

「隠居せい」

役に立たなくなれば、見捨てられるのが役人である。

家斉にそう言われれば、小笠原若狭守は終わる。もちろん、老齢なので隠居は構わないが、惜しまれてと使い終わったからとでは、跡継ぎの行く末が天と地ほども違ってくる。

「隠居領として千石を本禄より分知いたせ」

年寄りの諸経費として遣えというのは気遣いに見えるが、小笠原若狭守が死んだとき、この隠居領がどうなるかはわからない。

「本知へ戻してよい」

これならばいいが、

「召しあげる」

隠居がいなくなれば隠居領も不要になる。そして不要となった禄は、幕府へ戻されるのが慣例であった。

「当家の行く末がかかっておる。一平、明日は忙しいぞ」

「はっ」

当主の覚悟に、坂口一平が平伏した。

# 第二章　対決の場

## 一

目付部屋の二階にはいくつかの小部屋が並んでおり、そこで目付は徒目付や小人目付へ命令を下したり、報告を受けたりした。

かつて小人目付だったときに、大伍も足を踏み入れたことがあった。そこに大伍は呼び出された。

「感慨はないの」

ほんの数カ月前小人目付として用を命じられるためにここに来た。それを思いだした大伍だったが、何一つ心に響くものはなかった。

小人目付は小者扱いになる。それこそ目付の雑用をこなすだけの仕事である。一応、隠密のまねごともするが、まず命じられることはない。そういった役目は徒目付が担い、小人目付は目付が火事場に出向くとき、関東近辺の幕府領を監察するとき、荷物持ちや馬の轡《くつわ》持ちなどをする。

「背を出せ」

目付が馬に乗り慣れていないからと、乗り降りの踏み台にされるなど日常茶飯事、うさばらしに鞭《むち》で叩かれることもある。

「馬も従えられぬ下手くそが」

「あれで千石とはあきれたものだ」

質《たち》の悪い目付は、小人目付から嫌われる。しかし、用を命じられれば、拒否することはできない。これが上下関係であった。

その上下関係から大伍は解放された。

「何用か」

二階へ上がる階段の前に徒目付が控えていた。

「伊藤刑部右衛門さまのお召しに応じた。射貫大伍と申す」

「射貫……聞いておる。二階へ上がって左、二つ目の部屋で待っておるように」

名乗った大伍に徒目付が指示した。

「承知いたしてござる」

うなずいて大伍が指定された部屋へと入った。

「……………」

大伍は襖《ふすま》を開け放したままで、敷居近くに座った。

目付部屋の上は、面談と同時に資料庫も兼ねている。小部屋には資料などは置かれていないが、すぐ側に資料庫があり、そこには幕府創設以来の監察記録が残されていた。

その近くで襖を閉めていれば、なにかをしていると疑われてしまう。

「見たな」

「いえ。見ておりませぬ」

反論したところで、証拠はないのだ。

そこから目付が食いこんでくることもある。

大伍は隙を見せないようにと緊張していた。

「……射貫大伍じゃな」

半刻（約一時間）以上待たせた詫びもなく、部屋に入ってきた伊藤刑部右衛門が上座から確認してきた。

「さようでございまする」

大伍が認めた。

「かつては小人目付の任にあったのもまちがいないな」

「家督を継いでから、五年務めておりました」

もう一つ伊藤刑部右衛門が確かめて、大伍が首肯した。

「五年か、短いの」

伊藤刑部右衛門が口の端を吊りあげた。

小人目付は小者のなかでは出世頭になる。それは武士身分になれない小者にとって、それ以上はなく、一度小人目付になるとそのまま二十年、三十年務めるのが普通であった。

「…………」

返答する意味はないと判断した大伍が無言で流した。

「……ふむ」

そんな大伍に、伊藤刑部右衛門が鼻を鳴らした。

「本日のご用件は」

無駄話は要らないと大伍が要求した。

「どうやって、小人目付から五十俵の御家人になった」

「勤務態度精励につきとの褒美でござる」

問われた大伍が答えた。

「勤務態度が精励なのは、お役に就く者として当然である。それが理由とはなり得ぬ」

伊藤刑部右衛門が認められないと言った。

「それを認めぬとなれば、目付さまからの出世はなくなりますぞ」

「なんだと」

大伍に返された伊藤刑部右衛門が怒りを浮かべた。

「勤務精励が当たり前ならば、監察のお役目でどれほどの罪を明らかになさろうが、それは手柄たり得ませぬ。違いましょうや」

「…………」

伊藤刑部右衛門が黙った。

否定すれば勤務態度精励を手柄と認めることになり、肯定すれば目付は永遠に目付のまま、少なくとも伊藤刑部右衛門は遠国奉行や駿府城代副役などへの栄転を受けられることができなくなってしまう。それこそ出世すれば言行不一致になる。

「恥を知らぬ」

出世を受けてしまえば、伊藤刑部右衛門の評判は地に墜《お》ち、

「要らぬことを言う」

奨励を否定した余波を喰らって立身できなくなった者たちの憎しみを受ける。

「…………」

伊藤刑部右衛門が苦い顔で大伍を睨《にら》んだ。

「怖くもないわ」

大伍が口のなかで呟いた。

かつてならば、目付に睨まれるというだけで震えあがった。それが将軍や御側御用取次といった大伍の首などその場で斬り飛ばせる権力者と遣り取りをしたことで、ま

ったく畏怖《いふ》を感じなくなっていた。

「誰の口利きじゃ」

威圧に屈しない大伍にしびれを切らした伊藤刑部右衛門が訊いた。

「公方さまでござる」

「……なんだとっ」

家斉の引きだと答えた大伍に、伊藤刑部右衛門が目を剝いた。

「我ら旗本、御家人は、すべて公方さまの家臣。その家臣をどうなさるかは公方さまのお心しだいでございましょう」

大伍が正論を述べた。

「……それはそうであるが、余が問うておるのは違う。そなたていどの小者を公方さまがご存じとは思えぬ。誰かが公方さまにそなたのことを話したはずじゃ。その者のことについて訊いておる」

「わかりませぬ」

大きく大伍が首を横に振った。

「なにを言うか。己を引きあげてくれた恩人がわからぬなど、ありえぬだろう」

「わたくしにそのような親戚、知人がおらぬことはお調べずみでございましょう」

強く否定した伊藤刑部右衛門に、大伍が返した。

「ではなぜ、加増を受けた」

「知りませぬ」

まちがいではなかった。もともと小人目付の大伍に、目を付けたのは御側御用取次の小笠原若狭守であった。将来は大名と目されているほどの大身《たいしん》、重臣の御側御用取次と十俵二人扶持から二十俵ていどの小人目付が知り合う方法などないに等しい。

「惚《とぼ》けたことを申すな」

「いかようにでも、お調べいただいて結構でございまする」

「小者風情が生意気な」

堂々としている大伍に伊藤刑部右衛門が怒った。

「言いわけがましいことばかり申す。黙って畏れ入ればよいのじゃ」

伊藤刑部右衛門が上から押さえこもうとした。

「そもそも加増を受けたことのどこに問題が」

「加増だけでなく身上げしてもらえるほどの功績がない。これは御上を謀《たばか》ったも同然であろう」

首をかしげた大伍に、伊藤刑部右衛門が言った。

「ふさわしくないと」

「そうじゃ」

伊藤刑部右衛門が認めた。

「では、その旨を御上へお申し出くださいませ。それによって加増を取りあげる、身分を小者に戻すなどのご沙汰《さた》がおりますれば、従いまする」

「そのような手間を掛けずともよい。今、そなたが遠慮すればすむ話である。加増を返上し小人目付へ戻れ」

「不思議なことを言われる」

命じた伊藤刑部右衛門に大伍が厳しい目を向けた。

「いつからお目付に、旗本の進退を決める権が与えられましたのか」

わざとらしく大伍が首を大きくかしげて見せた。

「……むう」

伊藤刑部右衛門が唸《うな》った。

目付は監察、大名や旗本の罪を探り、明らかにするのが役目である。

「この者、なにの罪を犯したり。正しく評定《ひょうじょう》の場にて裁かれんことを」

大名や旗本を法の下《もと》に制圧した目付は、その罪を言い渡すわけではなく、評定所へと回す。

「某《なにがし》に謹慎を申し渡す」

「領地半減のうえ、転封《てんぽう》を命じる」

こういった裁決は、評定所でなければおこなわれない。

老中、寺社奉行、勘定奉行を中心とし、そこに町奉行や大目付などが加わる評定は、目付の調べを参考にはするが、その裁断の意見具申を受け入れることはまずなかった。

大伍の正論に、伊藤刑部右衛門が黙った。

「……罪を言い渡しているわけではない」

だが、さすがに旗本の俊英、目付だけに伊藤刑部右衛門はすぐに立ち直った。

「…………」

無言で大伍が先を促した。

「これは……これは先達としての助言である。後日、表沙汰になって重罪を得るよりも、自ら吐露《とろ》をして罪を申し出、それなりの進退を見せれば、御上にもご慈悲はある。不当に得たすべてを返せば、家まで潰すとは言われまい」

伊藤刑部右衛門がごまかしを大伍に押しつけようとした。

「助言ならば、お断りいたす」

大伍が首を横に振った。

「なんだとっ。小人目付風情が生意気なことを」

さっと伊藤刑部右衛門が顔色を赤くした。

「小人目付ではございませぬ。まず、その認識からあらためていただきたい」

「もとはそうであろうが」

注意した大伍に伊藤刑部右衛門が反論した。

「もとがなにかを言われるのならば、貴殿は目付ではございませぬな」

「ぐっ」

斬り返した太刀《たち》を受けた伊藤刑部右衛門が詰まった。

「もう、よろしゅうございますかな」

「…………」

帰っていいかと求めた大伍に伊藤刑部右衛門が無言で応じた。

「よろしいのですな」

大伍が念を押した。

無言は基本肯定である。ただ、肯定とされているが、暗黙の了解というものでしかなく、正式なものではなかった。つまり、このまま帰ってしまえば、後日逃亡したとして、捕縛されることもあった。

「伊藤どの、刑部右衛門どの」

返答をしない伊藤刑部右衛門へ、大伍が呼んだ。

「…………」

伊藤刑部右衛門は沈黙を続けた。

「やむを得ませぬな」

ため息を吐いた大伍が、目付部屋の襖を開けた。

「……なにを」

上座とばかりに奥にいた伊藤刑部右衛門が慌てたが、制止できるはずもなかった。

「どなたか、お目付の衆どの、おられるか」

大伍が大声を出した。

「馬鹿なっ……」

その行動に伊藤刑部右衛門が唖然《あぜん》とした。

目付は一人で監察をする。それだけに手柄も独り占めできるが、しくじった場合の責任も取らなければならない。

「信用できぬ」

監察の役目は、信頼が基本になる。しくじることがないというのが、監察にとって重要な要因であった。

それだけに目付は己の失策を糊塗《こと》しようとする。

大伍はそれを表に出そうとした。

伊藤刑部右衛門が慌てるのも当然であった。

「も、もうよい。帰れ」

誰かが来る前に話を終わらせなければならない。

顔色を変えた伊藤刑部右衛門が手を振って、大伍の退出を促《うなが》した。

「よろしいのですな。もうお呼び出しはござらぬと考えて」

大伍が釘を刺した。

「こ、この件にかんして、余がそなたを呼び出すことはもうない。他の者がどうするかは知らぬ」

伊藤刑部右衛門が二度と大伍にはかかわらぬと言った。

「どうした」

階下から別の目付のいぶかしむ声が聞こえてきた。

「大事ない。聴取が終わったところである」

「なにやら呼ぶ声がしたように思えるが」

気にするなと答えた伊藤刑部右衛門に目付が問うた。

「話はすんだ。であるな」

伊藤刑部右衛門が大伍へと目を向けた。

「……終わりましてございまする」

「では、あの声はなんだ」

大伍が問題ないと告げたのに対し、目付はまだ疑いを解かなかった。

「お目付どのが鋭い問いに、いささか興奮してしまいましてございまする」

「……ふむ。そうか」

目付の取り調べは厳しい。なんの悪事を働いていない者でも、先祖までたどっての調査に驚きの声をあげることなど珍しくはなかった。

申しわけなさそうな大伍に目付が納得した。

「騒々しくするでないぞ」

最後にそう言って目付が消えた。

「貸しでよろしいな」

「このていどで貸しなど……わかった」

大伍の言葉に反発しかけた伊藤刑部右衛門だったが、鋭い眼光で睨みつけられて折れた。

「では、御免を」

しっかりと頭を下げてから、大伍が目付部屋を出た。

二

無事に伊藤刑部右衛門の追及を終えられた。

「ふうう」

江戸城の大手門をくぐり抜けところで大伍は、大きな息を吐いた。

「どこから、知ったのだろう」

大伍は伊藤刑部右衛門が嫌疑を持ったことに懸念《けねん》を感じていた。

「御家人のことは徒目付の範疇《はんちゅう》のはず」

役人にはしっかりとした縄張りがあった。いかに上司だとはいえ、下僚の縄張りに土足で踏みこむようなまねはまずい。

それを伊藤刑部右衛門は平然とした。

「確証があった……」

まちがいなく大伍を罪に落とせる。その確証がなければ、目付といえども型破りなまねはできない。

「ふうむ」

江戸城から離れながら、大伍が思案した。

「恨みを買った……」

大伍が呟いた。

「買っているだろうな、なにかと。とくに佐久良のことで」

小さく大伍が苦笑した。

佐久良は身分低い黒鍬者の娘である。一応譜代扱いを受け、非公式ながら森藤《もりふじ》の姓を名乗ることができる家柄であった。

「あれだけの美貌は狙っていた奴も多い」

佐久良は幕臣の娘なので、なんとか小町とは呼ばれないが、まちがいなく深川《ふかがわ》では片手に入る美形であった。

かつて五代将軍綱吉の寵愛を受けたお伝《でん》の方も黒鍬から出ている。どういう理由かはわからないが、黒鍬からはたまにとてつもない美女が出た。

佐久良もまたその一人であった。

「妻に」

間近に佐久良を見ている黒鍬者はもちろん、近くに組屋敷を与えられている小者、中間《ちゅうげん》、小人目付も嫁に欲しがった。

「是非に」

深川で名前の知れた商家から声もかかった。

一年で十五石から二十石、金にして六両から八両ていどの収入しかない黒鍬者にとって、娘を商家に嫁がせるのは、その援助を期待できる。まさにありがたい話であった。

「お待ちあれ、まだ娘は嫁に出すだけのしつけができておりませぬゆえ」

だが、それを父である森藤はすべて断ってきた。

「妾《めかけ》に寄こせ」

なかには佐久良を側室にと要求してきた旗本や御家人もあった。

「お目付さまにお伺いをたててからご返事を」

権力を笠に着て、佐久良を連れていこうとする者に、森藤はそのうえの権力を使って戦った。

形だけとはいえ、黒鍬者は目付の配下であり、とくに譜代席の黒鍬者は、大奥へ毎日将軍正室御台所が身を清める浴室の水を運び入れるという役目を負っている。

そう、どこで誰とどう繋がっているのかわからないのだ。

「もうよい」

「なかったことに」

身分で女をどうにかできると思いこんでいる連中ほど、上に弱い。

「大奥へご奉公を」

伝手《つて》はある。森藤が願えば佐久良は最下級のお端ではなく、御台所付きのお茶の間担当女中くらいにはなれる。

それですめばいい。佐久良ほどの美貌となれば、将軍の目に留まることは確実、お手でも付けば、そのへんの大名よりもはるかに発言力は大きい。

「旗本の某に……」

佐久良が家斉の耳に囁《ささや》けば、

「召し放て」

あっさりと本人ごと家が潰される。

いかに美形を手に入れるためとはいえ、命までかけるわけにはいかない。旗本や御家人は、黒鍬者の怖ろしさを知って引いていく。

こうして佐久良は守られてきた。

「大伍どのよ」

両親を早くに亡くした大伍のことを、森藤家は家族のように扱ってくれていた。食事なども森藤家で摂《と》るのが当たり前になった。

「兄さま」

また佐久良も実の兄よりも大伍に懐《なつ》いた。

幼い少女が成長とともに、兄と思っていた男に愛情を抱く。これはままあることであった。

「そうか、小人目付に選ばれたか。それはなによりである」

そのころ小者扱いされていた射貫家に小人目付就任の話が舞いこんだ。小人目付は身分低いが、監察という役目を果たすために御家人と同じ扱いとなる。

「いつかは出世すると信じておった」

森藤は大伍の未来を買っていた。

その期待通り大伍は小人目付から五十俵の御家人へと階《きざはし》を踏んだ。

「五十俵か……」

御家人として五十俵はちょうど平均といったあたりであった。

上様へ目通りできないのが御家人とされている。概ね二百石以下が御家人と言われているが、かつては過去の将軍に嫌われて目通り格を奪われた数千石という旗本もいた。またわずか三十俵ながらお目通りの叶《かな》う旗本もいる。

「公方さまの密命を受けて……」

大伍の出世の裏を森藤は気づいていた。

あからさまには言わないが、大伍からの頼みには黒鍬者の看袢《かんばん》と呼ばれる衣服を貸してくれとか、退き口山里曲輪のことを遠回しに訊いてきたりとか、察するに十分な情報があった。

そもそも黒鍬者自体が、幕府の陰の一部を担っているのだ。そのなかでも組頭を務めるほどの森藤が、何一つ気づかないはずはない。

「博打《ばくち》だがな」

森藤は大伍に佐久良を娶《めと》らせることにした。

「大伍さま……」

娘の大伍への態度が、妹から女へと変化したのもある。だが、そのようなものは一過性で変わることがある。妹から女、そして他人とさらなる変化を起こしても不思議ではないのだ。

「それはないか」

生まれたときから、まるで糸で繋がっているかのように、大伍の後を追い続けた娘を見てきている。森藤は首を左右に振った。

「無理矢理商家に嫁がせでもしていたら……」

森藤がどうなるかを考えて震えあがった。

黒鍬者は甲州武田家の抱えていた山忍を祖とする。武田家の躍進を支えた甲州金山《きんざん》の発見、発掘、管理などをおこなうだけでなく、金山の秘密を探ろうとして入りこんできた他国の間者《かんじゃ》への対応も黒鍬者の仕事であった。他にも武田家が攻める敵の城の土台を掘り崩したり、近隣から穴を掘って内部への侵入もおこなってきた。間者の始末、城への侵入から敵将の謀殺、黒鍬者の歴史には暗部がつきまとっていた。そして、その闇を担っていたのが森藤を始めとする黒鍬譜代衆であった。

つまり森藤は、そういった闇討ちの技術を継承しており、佐久良もまた女黒鍬としてその手の修行を積んでいた。

「旦那が死んでしまいました」

無理に嫁がせれば、数日経《た》たずして不幸が訪れる。

「頓死《とんし》だそうです。怖いこと」

男が無防備になる閨《ねや》で、相手を死にいたらしめる方法などいくらでもある。

「毒だそうだ」

あとに証拠の残る毒殺なんぞ、能なしのやることである。

夫が死んだ後、しれっとした顔で実家に帰ってくる娘の姿が、森藤には容易に想像できた。

「まあ、黒鍬の娘が嫁ぐとしては、御家人は望外の相手であるしな」

こうして佐久良は、大伍の隣を獲得した。

そして、森藤が予想したように、大伍は出来物《できぶつ》であった。

「目付が……」

支配頭である目付のことを森藤はよく知っている。たしかに優秀だが、己たちこそ旗本のなかの旗本、旗本の模範と考えており、矜持が異常に高い。

「そのていどのこと、吾が出張るほどのことではない」

自身が満足できることでなければ、役目の範疇であろうとも気にもしない。

「徒目付にさせよ。ことがすんだならば、報告せい」

なにもせず、成果だけは手にしようとする。

その目付が、たかが五十俵の御家人について自ら調べようとした。

「気になるな」

森藤は幕府の裏を知る黒鍬者の組頭として、嫌なことにも精通している。

「射貫どのを調べて、目付の利になるのか」

佐久良から目付の呼び出しを受けたと聞いた森藤が、最初に考えたのはそこであった。

「たしかに小人目付から無役の小普請とはいえ御家人に身上がりするのは異例ではある」

小人目付は基本そこで打ち止めになる。

まれに付いていた目付が、己の出世にともない気に入った小人目付を異動に伴うことがあり、そういったときは転任先で同心となるのが通例であった。

同心は町奉行所や下田《しもだ》奉行などの配下で、実務を担当する。身分は御家人で概ね二十俵から三十俵の本禄に一人扶持、二人扶持といった手当が付く。

一人扶持は一日玄米五合の現物支給であり、年間に直すと概ね五石ていどになる。手当と合わせても同心だと三十石から四十石、無役五十俵の大伍とは扱いが違った。

「通常でない身上がりが気になったか。それはわかるが、お目付さまも浅慮《せんりょ》に過ぎる。そういった異常な出世の裏には、手出しをしてはならぬお方が付いている。そこに気づけば、手出しをせぬか、あるいは軽く探りを入れて表沙汰にしていいのかどうかを確かめる。それが役人として生き残る本能だというに。お目付さまは普通の役人としての経験が浅いからか、そのへんが甘い」

大きく森藤がため息を吐いた。

目付は幕府に数百ある役目のなかでも、唯一その補充が投票によるという特殊な方法を採《と》っていた。これは上役や権力者が都合のよい者を監察にして、己をその対象から外そうとしたり、あらかじめ情報を流させ、敵対している役人の足を引っ張る材料にしたりするといった恣意《しい》を防ぐためだとされている。

「某を推薦する」

欠員が出たとき、目付は各々がこれと思う人物の名前を挙げ、そこから的確な人物に絞り、最後は全員一致に持っていく。

入れ札による選良とは名ばかりの根回しで決まるものでしかないが、そのせいか何役を経験していたとか、役人として何年の経験があるとかの縛りはなく、無役からいきなり目付になることもできた。

「射貫どのの敵ではないな」

大伍の相手には力不足だと、森藤は伊藤刑部右衛門のことを評した。

「問題は、誰が射貫どのを売ったかだな」

すっと森藤の目が細められた。

「怪しいのは、佐久良にまとわりついていた黒鍬者三番組一代抱え席の鈴川武次郎《すずかわたけじろう》……」

譜代ではなく、一代限りで子に家を譲れぬ者を一代抱え席と呼んだ。もっとも幕府も二百年、一代抱え席でも実際は息子が新規召し抱えの形を取って跡目を襲うことができるようになっていた。

「あやつは佐久良に酷く振られただけでなく、儂《わし》からも断られておきながらあきらめていない。それになにやら最近は仲間と語らって、権門の屋敷に出入りしている」

淡々と森藤が独りごちた。

「見逃してきたが、そろそろ潮時かも知れぬ」

森藤が呟いた。

三

病床から背中を起こす。それさえ田沼主殿頭意次にはできなくなっていた。

「ここまでのようじゃな」

田沼主殿頭が天井を見つめてため息を吐いた。

「そのような気弱なことを仰せられては」

殿中刃傷で殺された息子田沼山城守《やましろのかみ》意知《おきとも》の嫡男、龍助《りゅうすけ》意明《おきあき》が田沼主殿頭を励ました。

「死ぬのはもういい。あちらでは公方さまもお待ちである」

田沼主殿頭が公方と呼び慕うのは、先代十代将軍家治のことであった。

「主殿頭のよいように」

「すべてを任せておる。よきにはからえ」

もともと虚弱気味でなにをするにも覇気《はき》がなく、政への興味も薄かった家治は、小身から大老格まで引きあげた寵臣田沼主殿頭に大政を委任した。その厚き信頼が田沼主殿頭に絶対の権力を与え、印旛沼《いんばぬま》開拓という巨額の投資も許した。

「ありがたきことである」

また、田沼主殿頭も家治の思いに能《よ》く応えた。

「わたくしよりも先に逝《い》かれるなど」

しかし、天命は二人の間を続けさせてはくれなかった。

「後を頼む」

虚弱であった家治はついに病に倒れ、後事を田沼主殿頭に預けた。

「公方さま……」

だが、田沼主殿頭にはわかっていた。寵臣は主君の死とともに、表舞台から降りなければならない。ここで無理をしても、最大の後ろ盾を失ってしまっていては、新しい主君と寵臣には勝てなかった。しかも運の悪いことに、家治の後を継いだのは直系の子供ではなく、二代前に分かれた一族だった。

「父の信頼を……」

直系ならば、寵臣を排除するにしてもおだやかな方法を採る。ここで罪を押しつけて無理矢理退場させれば、そのような者を重用していた、人物を見る目がない主君だと先代が非難されてしまう。まさに親不孝であった。

これは孝を政の骨としている幕府にとって都合が悪い。そこで直系が後を継いだ場合は、先代の寵臣をゆっくりと排除していく。

「ご苦労であった。父もそなたの忠節には満足しておられた。以降は菩提《ぼだい》を弔《とむら》ってもらいたい」

政から排除はするが、形は慰労の姿を取る。当然ながらこの場合は、先代が加増した領地や城地はそのまま与えられる。

こういった世間を騒がせない方法で、寵臣を去らせ、長いときをかけて忘れさせていく。

「身を慎《つつし》め」

それが直系でなければ、親不孝という誹《そし》りは受けないので、いきなりの排除ができた。

一応、将軍は直系相続という体裁を採るため、新将軍は先代の養子になるが、これを親子とみる者などいなかった。

新たに将軍となった者が、先代の影響を取り払おうとするのは当然のことであり、寵臣は最初に犠牲となる。

「よろしくなきおこないあり」

さらに寵臣には罪が押しつけられる。決して明確にはしないが、思うところがあってとか、専横《せんおう》な振る舞いがあったとか、どうにでもできる理由で、先代から与えられた領地や城地が召しあげられる。

無事に隠居できるか、そうでないかはここでわかる。

「減封のうえ城を取りあげる」

田沼主殿頭は後者になった。

「……家を譲れただけでよしとするか」

もともと六百石から五万七千石までいったのだ。加増された領地のほとんどを奪われ、物なりの悪い奥州下村一万石へと転じられたとはいえ、もとからいけば二十倍近いのだ。

「満足であった」

恨みも辛みもある。とはいえ、家はかろうじて大名として残る。領地が白河より北という嫌味への怒りも、死の前には薄れていく。

「龍助が無事に御前を務められるようになってくれねば」

孫相続はどうしても当主が若くなる。傷ついた家の当主が、どれほど苦労をしなければならないかを田沼主殿頭は知っている。そういった例を見てきた、いや、作りだしてきた。政敵を貶《おとし》め、隠居させる。結果、新しい当主は負けた者の尻拭いをする羽目になり、苦労を重ねていく。

「因果応報かの」

「お祖父《じい》さま」

ふっと笑った田沼主殿頭に、龍助意明が身を寄せた。

「龍助よ」

田沼主殿頭が孫の顔を見た。

「おぬしは、家を続けることだけ考えよ。かつての栄光を取り戻すなどと思ってはならぬ」

「なぜでございましょう」

龍助意明が不満そうな声を出した。

「分不相応だからよ」

「それはわたくしでは、お祖父さまの足下《あしもと》にも及ばぬと」

告げた田沼主殿頭に龍助意明が目を鋭くした。

「違うぞ」

田沼主殿頭が首を横に振った。

「人として、大名としての素質は、おぬしが儂よりも上じゃ」

「では……」

「ただ、運がない」

身を乗り出した龍助意明に、田沼主殿頭が口にした。

「運……」

「そうよ。他人が及びも付かぬ立身をなすには、運がいる。神君家康公を見よ。何度も負けて命が危ないこともあった。桶狭間の合戦、三河一向一揆、武田家との戦い」

「…………」

じっと龍助意明が聞いた。

「なにより織田信長《おだのぶなが》さまと豊臣秀吉《とよとみひでよし》さまがいた。どちらも天下人となり、徳川家はその家臣として生きていく道しかなくなった……はずだった。それが、織田信長さまは明智光秀《あけちみつひで》に裏切られて本能寺で敢《あ》えなくなられ、豊臣秀吉さまは病に倒れ、遺されたのは内紛を抱えた幼君。どちらが欠けても徳川家に天下の目はなかった」

「たしかに」

龍助意明が同意した。

「これが運じゃ……」

少し田沼主殿頭が苦しそうにした。

「お祖父さま」

「大事ない」

背中をさすろうとした龍助意明を田沼主殿頭が制した。

「儂には運があった。お仕えした先々代家重さまのお言葉を完全に解することはできなかったが、それでもご希望を類推できた。そしてそれを実行した」

家重は幼少のころの病いで言語をあやつれなかった。それだけに少しでも思いの通じる者を大切にした。

「さすがはお祖父さま」

龍助意明が感心した。

忖度《そんたく》は役人として出世を願うならば、必須の技量であった。とくに将軍は、家康の教えとしてはっきりと己の欲することを口にするなと縛られている。家康は権力者が恣《ほしいまま》にする弊害を、織田信長、豊臣秀吉から教訓として得ていたのだ。

「あの花を」

旗本の娘が大奥のお庭拝見をしているときに、将軍が扇の要で指さした先にいる者を側室として召しあげるのも忖度、

「……気にいらぬ」

将軍が嫌う者を遠ざけるのも忖度である。

ただ、忖度は諸刃《もろは》の剣《つるぎ》であった。

「愛《う》い奴よの」

これを将軍なり上役が気づき、気に入ってくれたならば出世の道が開ける。

「先走りしすぎる」

なかには気働きをうっとうしいと感じる者もおり、この場合は遠ざけられる。

「目障りな」

もっとも割に合わないのが、忖度に気づいた上役や同僚が己の出世の邪魔になると排除に来ることであった。

「幸い、儂は家重さまのお近くにいたため、お気に入りとして引き立てていただいた」

田沼主殿頭は、八代将軍吉宗が紀州から江戸へ連れてきた田沼意行《おきゆき》の嫡男であり、早くから九代将軍となるべく西の丸にいた家重に仕えていた。

そして家重が隠居して大御所となると、そのまま十代将軍家治に近侍し、そこで厚い寵愛を受けた。

「儂は幸運であった。だが、おぬしは違う。おぬしはすでに不運である。儂のせいで将軍に目通りすら叶わぬうえ、執政筆頭の松平越中守に嫌われている」

「…………」

事実だけに龍助意明が黙った。

「おぬしは何度も言うが、余よりもできる。そのおぬしを世に出してやれぬことは申しわけなく思う」

病床で田沼主殿頭が頭をわずかに下げて、孫に詫びた。

「なにをっ」

龍助意明があわてた。

「お祖父さまが謝られることはございません。お祖父さまがおられたからこそ、この意明は大名になれたのでございまする」

「そう言ってくれるか。心が少し晴れやかになった」

ほっと田沼主殿頭が安堵《あんど》した。

「無理はしてくれぬように。もう儂の恨みを晴らすなどとして越中守へ刃を向けようとなされてはいけませぬぞ。ご当主さま」

口調を隠居が当主に対するものに変えて、田沼主殿頭が忠告した。

「承知いたしておりまする。田沼の家を無事継いでいくことこそ、吾が使命と肝に刻みまする」

龍助意明が強くうなずいた。

「では、お休みなさいませ」

そっと龍助意明が下がった。


病室を出た龍助意明を腹心の家来琢馬《たくま》が待っていた。

「大殿さまのご様子は」

「芳《かん》しく《ば》ない。いや、もう長くはあるまい」

尋ねる琢馬に龍助意明が首を横に振った。

「今日もいつものお話を繰り返された。それだけ余の、いや田沼家の行く末を憂《うれ》いておられるのだろうが……お祖父さまにかつての姿はもうない。命長らえる支えとなっていた越中への復讐の思いさえ捨てられた」

残念そうに龍助意明が嘆息した。

「……では」

ここで止めるのかと琢馬が龍助意明の顔を窺《うかが》うように見た。

「そのままじゃ。越中守が失脚せねば、余はずっと日陰者のまま。襲封《しゅうほう》したというのに、公方さまへの目通りも許されぬし、国入りもできぬ」

龍助意明は、当主となってからずっと江戸に留め置かれていた。

「まあ、参勤交代をせずともすんでいるのはありがたいが」

田沼家の内証は逼迫《ひっぱく》どころか破綻《はたん》している。

咎めを受けたときに城と屋敷にあった金、財宝を幕府に押さえられてしまったからだ。五万七千石ながら百万石の前田《まえだ》家よりも裕福だとうらやまれたかつての田沼家の姿はもうない。

「どうせならば、江戸定府《じょうふ》の家柄にしてくれればと思うわ」

「江戸は物が高うございますぞ」

参勤交代しなくていい家柄にしてくれればと苦笑した龍助意明を琢馬が諫《いさ》めた。

「わかっておるがの。咎めを受けて出歩くことさえできぬおかげで、金は思ったほどかかっておらぬ」

江戸でなにが高いといって、遊興費であった。そして大名は見栄《みえ》のために月見や花見に出かけ、家中の女は着飾って芝居見物へと出向く。

この費用がとてつもなかった。

なにせ戦がない泰平の世である。大名の出世もなく、まず加増もない。となれば、なにで他家との差を見せつけるかということに注力するしかない。

加賀の大名家老本多《ほんだ》家が、参府の行列を仕立てたとき、途中での休息に使った緋毛《ひもう》氈《せん》を回収せずそのままに置いていったとか、前日、宿泊した大名よりも本陣宿に多くの支払いをしたとか、例には事欠かない。

だが、謹慎で国入り禁止となると、遊興はできないし、参勤交代で金を遣うこともない。

「どれくらいなら出せる」

自室へと戻った龍助意明が琢馬に問うた。

「六十両、無理をして八十両というところかと」

琢馬が藩庫の蓄えを思い出すようにしながら答えた。

「八十両……情けないな。お祖父さまのころは千両など端金《はしたがね》だとして自在に使えたが」

龍助意明が首を左右に振った。

「……ないものはいたしかたない。ある範疇でせねばならぬ」

「はい」

藩主の言葉に腹心が首肯した。

「では、黒鍬者と捨てられ武士に……」

「違う」

田沼家に密《ひそ》かに従っている黒鍬者鈴川武次郎、旗本の家臣でありながら責任を負わされて放逐された土方雄乃進《ひじかたゆうのしん》と連絡をと腰をあげかけた琢馬を龍助意明が止めた。

「あれらはもう目を付けられている。使えても陽動、目くらましまでじゃ」

龍助意明は松平定信を甘く見てはいなかった。

「では……」

「無頼《ぶらい》を雇え」

「伝手がございませぬ」

主君の指図に琢馬が困惑した。

「お祖父さまのもとにいた用人の井上作右衛門《いのうえさくえもん》はどうしておる」

「隠居いたしたかと」

訊かれた琢馬が曖昧ながら告げた。

「呼び出せ。あやつはお祖父さまのもとで田沼家に仇《あだ》なす者どもを片付けてきた。家督を継いだときに、お祖父さまよりお話しいただいた、面倒があれば作右衛門に相談せよと」

龍助意明が説明した。

「わかりましてございまする」

琢馬が一礼した。

四

噂というのは、実体を持たない。そのせいか、いつの間にか拡がっているし、事実からかけ離れたりする。

どこからどう漏れたのか、大伍が目付に呼び出されたことが近隣で噂になっていた。

「少しよいかの」

いつものように実家から、大伍の世話をするために出てきた佐久良に老年の武士が声をかけた。

「わたくしに御用でございましょうや」

佐久良が首をかしげた。

「こちらの家中のお方でまちがいないかの」

「はい。射貫家にかかわりのある者でございまする」

老年の武士の問いに、佐久良がうなずいた。

「拙者、隣家に住まいおる中野一右衛門《なかのいちえもん》と申す者」

「お隣さまでございましたか。これはご挨拶が遅れましてございまする。佐久良と申しまする」

名乗った老年の武士に、佐久良が頭を下げた。

「失礼ながら、貴女はこちらの」

「当主射貫大伍の許嫁《いいなずけ》でございまする」

身分を尋ねられた佐久良が、自慢げに胸を張った。

「それはおめでとうございまする」

「ありがとう存じまする」

祝意を口にした中野一右衛門に佐久良がほほえんだ。

「ところで、わたくしになにか」

「おおっ、それよの。つい、貴女の美しさに見とれてしまい、用件を忘れるところであった」

中野一右衛門が笑った。

「…………」

佐久良がどう応えればいいかわからず、黙った。

「なにもなかったのでござるかの」

「……なにがあったと」

言った中野一右衛門に佐久良が怪訝な顔をした。

「射貫どのが、お目付さまのお呼び出しを受けたと」

「なぜそれを」

思わず佐久良が声を大きくした。

「いや、拙者のところにも徒目付が参っての。射貫どののことをいろいろと訊いて帰ったのでな」

中野一右衛門が事情を話した。

「…………」

じろっと佐久良が中野一右衛門を睨んだ。

「なにも申しておらぬよ。さすがに目付へ他人を売るのは、心苦しいし、なにより越してきてまだ数カ月ほどではな、話すほどのこともござるまい」

中野一右衛門が苦笑した。

「失礼をいたしましてございまする」

佐久良が目つきを緩め、中野一右衛門に態度が悪かったことを詫びた。

「いやいや、ご家人としては当然のこと」

中野一右衛門が手を振って気にしていないと言った。

「しかし、あれだけの気迫で、この美形。なんともうらやましい限りであるな」

「お褒めいただき感謝しよう」

嘆息した中野一右衛門の背後から、大伍が現れた。

「大伍さま」

佐久良の顔がさっとほころんだ。

「……おおっ。貴殿が射貫どのか」

さっと間合いを空けて振り向いた中野一右衛門が、大伍に確認した。

「さよう。射貫大伍でござる。少し雑事が重なってしまいご挨拶が遅れたことを謝罪しましょう」

「引っ越しの挨拶なんぞ、誰もいたしませぬよ。あらためて名乗らせていただこう。小普請多田加賀守組の中野一右衛門でござる。俸禄は八十石を頂戴《ちょうだい》している」

「射貫大伍でござる。小普請組七番に属して五十俵をいただいております」

互いに初対面の挨拶を交わした。

「どうやらご無事であったようでござるな」

目付に呼び出されたら無事にはすまないのが普通であった。

中野一右衛門は大伍の様子から咎めはなかったと読み取った。

「なんとか」

大伍が答えた。

「どのような経緯だったのかを、お伺いしても」

「それはご勘弁願おう」

目付の取り調べについて教えてくれと願った中野一右衛門に、大伍は拒否を返した。

「いや、さすがに強欲でござったな」

中野一右衛門が頭《こうべ》を垂《た》れた。

「なにを徒目付に問われたかをお訊きしてもよいか」

今度は大伍が求めた。

「なに、たいしたことではございませぬよ。いつ引っ越してきたかとか、家人は何人だとか、出入りしている者を見てはいないかといったところでござる」

「当たり前のことばかりでございますな」

「まったく。面識もないのに真実などなに一つわかるはずなどないというに」

大伍と中野一右衛門が顔を見合わせて、苦笑いを浮かべた。

「立ち話を続けているわけにも参りませぬし、これにてご無礼をいたしましょう」

中野一右衛門が別れを言い出した。

「いかにもさようでござるな。では、これからもよしなにお願いをいたしましょう」

「こちらこそ」

軽く一礼した大伍に、中野一右衛門が片手をあげて背を向けた。

「かなり遣うな」

見送りながら大伍が呟いた。

「はい」

小声ながらしっかりと聞き取った佐久良も同意した。

「大伍さまが近づかれていたことにも気づいていたようでございまする」

「だな。振り向きかたがわざとらしすぎた」

佐久良の言葉に大伍が首を縦に振った。

「背後に立たれたとしても、あれだけで逃げ出す者はいない」

大伍が目つきを鋭いものにした。

人というのは不意に背後から声をかけられたとき、咄嗟《とっさ》に振り向いて相手が誰かを確認するのが普通であった。

「どうやらただの隣人ではなさそうだ」

「気を付けておきまする」

ため息を吐いた大伍に佐久良が真顔で応えた。

屋敷へ戻った中野一右衛門が吐息を漏らした。

「なんだ、あの女は」

中野一右衛門が首を左右に振った。

「一瞬で殺す気になっていたぞ」

さきほどの変化を中野一右衛門は思いだしていた。

「忍ではないな。忍ならば殺気を発することなくことをなす」

上がり框《がまち》に腰掛けた中野一右衛門が呟いた。

「忍以外であれだけの腕を持つのは……黒鍬者か」

すぐに中野一右衛門が佐久良の正体に突き当たった。

「あれは手出ししていい相手ではない。今後とも見張っておけと簡単に言ってくれたな、樺島《かばしま》左門《さもん》のやつめ」

中野一右衛門が事情を訊きに来た徒目付を罵《ののし》った。

「目を付けられただろうしな」

ただの女と油断して話しかけたことがまちがいであった。

「つきあいを考えてするしかないか」

盛大に中野一右衛門が嘆息した。

小笠原若狭守は当番目付のもとへと足を運んだ。

先任、家格などにかかわりなく同格とされる目付は、一人役とも言われており上役、頭、肝煎《きもいり》といった優劣はない。

「なぜ拙者が、そのようなことをせねばなりませぬのか」

そのため、幕府からの通達を一人に伝えたところで、他の者に終始徹底はできなかった。

「不便である」

いかに監察で、将軍へ直訴できるとはいえ、役人には違いない。城中での決まりなどは守らせねばならない。だからといって、いつ誰がどこにいるかもわからぬ目付を一人一人捕まえて、通達を説明するなど忙しい執政にはできないことだし、誰かに委任しても目付が従うとはかぎらない。

そこで幕閣は当番目付を設けた。

当番目付は月替わりの輪番制で、その役にある間は毎日目付部屋に出務する。

「このたびこのような法度《はっと》が執政の間で取り決められた」

老中や若年寄などからの通達を受け取り、それを留守にしている目付に伝達する。

組頭でもなく、雑用係でもない。目付独自のものであった。

「何用でござろうか」

目付の矜持は高い。君側第一の臣と呼ばれる御側御用取次相手でも、卑屈な姿勢を見せるどころか尊大な態度を取った。

それでは、まともに呼び出しの使者の言うことを聞くはずもない。

結果、老中や若年寄など高官が直接出てくることになった。

そういった重職を相手にしていると、より目付たちの誇りは高くなる。

「我らは格別である」

思い違いをし出す者も出る。

この当番目付も出向いて来た小笠原若狭守を見下した。

「御用向きはお急ぎ願おう。目付は暇ではございませぬ」

当番目付が、言い放った。

「……忙しいか。それはそうであろうな。目見えもできぬ御家人を目付が呼び出して直々《じきじき》に調べるのだから」

「それはっ」

大伍の起こした騒ぎで、当番目付もそのことはわかっていた。

「伊藤刑部右衛門であったかの」

「…………」

ここまで言われて気づかないようでは、目付など務まるはずもない。

「まさか……若狭守どのがあやつを」

「拙者ではないな」

小笠原若狭守が否定した。

「……まさか」

御側御用取次を使い走りできる者は、この江戸城には一人しかいなかった。

それに気づいた当番目付が顔色を失った。

大名であろうが、老中であろうが、加賀百万石の前田家であろうが、監察することができる目付が、唯一手出しできないのが、将軍である。

「なぜ、公方さまが小人目付ごときを」

「知らぬわ。ただ、公方さまにも目もあれば耳もある」

家斉が隠密を遣ったと小笠原若狭守が暗に示した。

「………」

当番目付が震えあがった。

「公方さまがお目を付けられた者に手出しをしたのだ。それがどういう意味かはわかるであろう」

「ひくっ」

小笠原若狭守の脅《おど》しに、当番目付がみょうな声を漏らした。

「伊藤刑部右衛門であったかの。しっかりと言って聞かせよ」

「わかりましてございまする。できるだけ早く詳細をご報告申しあげまする」

態度を一変させて当番目付が平伏した。

「裏も……わかっておるな」

「もちろんでございまする」

そそのかしたのは誰かを判明させろと要求した小笠原若狭守に当番目付が顔をあげることなく承諾した。

「手間をかけさせおって」

小笠原若狭守が不機嫌だとはっきりと言い残して、立ちあがった。

「……ま、まずい」

小笠原若狭守がいなくなるのを待って、ようやく背筋を伸ばした当番目付の顔色は悪かった。

「伊藤を摑まえねば」

目付はまず控え室にいない。伊藤刑部右衛門の姿を当番目付は今日も見ていなかった。

「…………」

腰をあげた当番目付が、急ぎ足で徒目付の控《ひかえ》へと向かった。

徒目付は目付の手足である。その用をなすために、目見え以下でありながら城中に控の間を持っていた。

江戸城本丸玄関右手に設けられている控の間は板敷きで、出入りを見張るための無双窓があった。

さらにもう一つ目付部屋の二階にも待機している部屋はあるが、当番目付はあえて玄関側の控の間まで足を伸ばした。

「これは木下《きのした》兵部《ひょうぶ》さま」

控の間の襖を開けて入ってきた当番目付に、徒目付組頭が気づいた。

「他人払《ひとばら》いをせよ」

「はっ」

木下兵部と呼ばれた当番目付の指示に、徒目付組頭がすぐに応じた。

「伊藤刑部右衛門を見たか」

「今日はまだ」

二人きりになったところで木下兵部が問い、徒目付組頭が首を横に振った。

「朝からか」

「本日はいまだ」

念を押した木下兵部に徒目付組頭がもう一度否定した。

「昨日はどうであった」

「いつもどおり四つ（午前十時ごろ）前には、登城なされておられたはずでございまする」

重ねて訊かれた徒目付組頭が答えた。

「ふうむ」

木下兵部が腕を組んで、唸《うな》った。

「登城なされたならば、お報《しら》せをいたしましょうや」

徒目付組頭が気を遣った。

「報せか……いや、報せではなく、そのまま余のところへ案内してきてくれるように」

相手が御側御用取次、いや将軍だけに、放置してはおけない。

「ちゃんと言い聞かせたのか」

また伊藤刑部右衛門がなにか手出しをしたときに、その責任の一端が木下兵部に来る。

天下最大の権力者である将軍家斉に睨まれてしまえば、出世はもとよりこれから先を失ってしまう。

それこそ旗本であり続けることさえできなくなる。

「承知仕《つかまつ》りましてございまする」

徒目付組頭が引き受けた。

伊藤刑部右衛門は、大伍によって恥を掻《か》かされた。だが、一度問題なしと認めてしまった以上、同じ手立ては使えない。

「呼び出して責め立てることはできぬ」

ほとんどの場合、目付に詰問されれば畏れ入って罪を認めるか、あるいは情状酌《しゃく》量《りょう》を狙って言いわけを重ねる。

「拙者にはかかわりがない」

「なにか証《あかし》でもござろうか」

堂々と大伍は目付に反論して見せた。

「……………」

目付という権威で脅《おど》せば、たかが小人目付上がりの御家人くらい、思うがままにできると考えていた伊藤刑部右衛門は、準備が足りていなかった。

結果、大伍の言いぶんを受け入れることしかできず、伊藤刑部右衛門は引くしかなくなった。

「目付が負けた」

隠しても漏れる。

城中は魑魅魍魎《ちみもうりょう》が跋扈《ばっこ》している。二人きりの密談だと思って発した一言が、その日のうちに噂され、数日で城中に広まるなど日常茶飯事なのだ。

「御家人ていどにあしらわれた」

伊藤刑部右衛門の失態も数日で人の口にのぼるのはまちがいなかった。

「なんとかせねば……」

巨大な権力を誇り、いわば他人の粗探しをするのが役目の目付は、他の者から嫌われている。

「偉そうにしておきながら……」

「他人の失敗は許さぬくせに、己のまちがいは知らぬ振りか」

非難が城中に満ちる。

「目付といえども人である。まちがいは避けられぬ」

勘定方など通常の役目ならば、同僚の援護も得られる可能性もあった。しかし、互いを監察し合う目付に、真の意味での同僚はいない。

「なぜこのようなことになったのか、一度調べるべきだな」

かばうどころか、待ってましたとばかりに足を引っ張ってくる。

「他にも粗があるな」

こうなれば、すべてを暴かれる。今までやってきた強引な取り調べや、脅しに近い証人尋問も明らかになる。

叩いて埃《ほこり》の出ない目付、潔白な目付はいなかった。

「新たな獲物は……」

伊藤刑部右衛門が思案に入った。

大伍と比べものにならない大物を監察できれば、小さな失策など霞《かす》んでしまう。だが、それだけの権力者を監察するとなれば、よほど確実な証がなければならなかった。当然、かなりの手間とときがかかる。とても今日明日の噂を消し去るには使えなかった。

「目付は辞任せぬかぎり、罷免はされぬ」

もとは戦場《いくさ》における軍目付だったのだ。誰が手柄を立てたか、あるいは卑怯未練なまねをしなかったかを軍目付は見張る。武士にとって手柄は命に代えてもよいほど重い。

「拙者が槍を突いた」

「一番乗りしたのは、吾なり」

誰もが手柄を主君に誇る。

なかには、他人が討ち取った敵将の首を拾って、吾が手柄だと言い出す者もいる。

「それは偽《いつわ》りなり」

広い戦場のすべてを主君一人では把握できない。そこで主君の目となり、公平な判断を下す軍目付が任じられた。

主君の目だという権威を軍目付は持ち、まちがっていれば切腹して責任を取る。命がけの判断なのだ。主君といえども軍目付の言葉は否定できなかった。

その軍目付の厳格さを受け継いだのが目付。しくじりは、己だけでなく目付全体の権威を傷つけることになる。

「どうやってごまかすか」

伊藤刑部右衛門は、役目柄登城せずともすむのを利用して、身の保全に全力を費やそうとしていた。

# 第三章　政の慣例

## 一

大伍はあらたな旅立ちの用意をしていた。

「今少し、お休みになられても」

佐久良が名残惜しそうにした。

「そうしたかったがな。目付に睨まれてはそうのんびりもできぬ」

小さくため息を吐きながら、大伍が首を横に振った。

「うまくあしらったのでは」

無事にすんだはずだと佐久良が怪訝な顔をした。

「目付はしつこい」

大伍は苦い顔を見せた。

「あきらめていないと」

佐久良の目が眇《すが》められた。

「目を付けた者から反撃されたなど、目付の恥だからな。どれほどの大名、旗本であろうとも目付の前では畏れ入るのが普通。それがものの数でもない御家人風情にあしらわれて引いたなど、進退伺いを出すべき案件だぞ」

「辞めさせられるのならば、もう大事はございますまい」

語った大伍に佐久良が安堵の息を漏らした。

「そうはいかぬのよ。目付の伊藤刑部右衛門は己の失態を隠すため、今ごろ吾を泳がせていると言っているだろう。決定的なものを摑むまで、見逃しているだけだと」

「………」

大伍の言葉に佐久良があきれた。

「なのでな。少しほとぼりを冷まそうかと思う。いかに目付といえども、江戸を出てまでは追ってこぬからな」

「手間を惜しむなど情けない」

佐久良が伊藤刑部右衛門を罵倒《ばとう》した。

「せいぜい小人目付、がんばって徒目付を出すくらいだろう」

大伍が苦笑した。

「少しはゆっくりとしていただけると、思っておりましたのに」

すねるように佐久良が述べた。

今の佐久良と大伍では身分に大きな隔たりがあった。

大伍は五十俵という微禄ながら御家人、佐久良は小者以下とされる黒鍬者の娘でしかなかった。

もちろん、五代将軍綱吉が黒鍬者の娘お伝の方を召し出したように、男と女の仲になるのは問題はなかった。

ただ、正室に迎えることは難しい。

「妻を娶りたく」

御家人も徳川の臣である。婚姻には幕府の許可が要った。

「よろしかろう」

出された届けに難がなければ、許可はすんなり通る。

当たり前のことだが、将軍はそこまで暇ではなく、許可を出すのは組頭、大伍の場合は小普請組組頭になる。

だが黒鍬者との縁組みとなると問題になった。

将軍綱吉とお伝の方の場合は正室でなく、妾だったから無理矢理押しこめたのだ。

もちろん、なんにでも抜け道はある。届けというのは、体裁さえ整っていればいい。つじつまさえ合っていれば、誰も調べたりはしない。ようは佐久良を御家人の養女にすれば、届けは通る。

「分が揃わぬ」

それが言うほど楽ではなかった。

武家にとって血筋は大切である。それだけに、頼まれたからといって、そうそう養女を受け入れてくれることはなかった。

まず縁か伝手が要った。

遠縁でも血が繫がっていれば、大義名分は立ちやすい。また、伝手があれば断られにくい。

このどちらもないときが難物であった。

大伍も佐久良も代々の小者、黒鍬者である。遠縁を探しても御家人はいないし、伝手もないとは言わないが、今までの職務で上司であった徒目付辺りである。

そして今回は徒目付に頼るわけにはいかなかった。なにせ徒目付の上司目付と争っているのだ。

言うまでもなく、これにも抜け道はあった。

金である。

それなりの金を払えば、御家人株でさえ手に入るご時世である。豪商が家を継げない次男以下のために、貧乏御家人や貧乏旗本の家系を金で手に入れる。これを株の売り買いと称した。

当然ながら、幕府の制度である身分制を揺るがしかねない行為だけに御法度であり、見つかればお家断絶になった。

とはいえ、金で極楽が買える世のなか、しっかりと手を配っておけば表沙汰になることはない。

これの養女版を使えば、縁も伝手もなくともいけるが、当たり前ながら金がかかった。さすがに株の売り買いほどの金額は要らないが、それでも十両はかかる。

小者から成りあがったばかりの御家人、侍身分でさえない黒鍬者にとって、十両は大金であった。

その金の工面や、どこの誰に頼むかなどの話し合いを佐久良は待っていた。

なにせいくら金で動くからとはいえ、誰もがそうだとは限らない。

「無礼者」

いきなり話を持ちかけて、相手を怒らせることもある。

「……ここならば」

金に困っている御家人を探すのは簡単だが、

「連座」

この一言が怖い。

八代将軍吉宗は、民の連座を廃止したが、武家のものは継続している。

そもそも金で血統を売ろうというろくでなしである。まともに御家人をするはずもなく、博打や酒に淫《いん》するだけならまだしも、切羽詰まれば斬り盗り強盗に変じかねない。仮親がそういった咎を受ければ、その罪は佐久良にも及ぶ。

まさに一蓮托生であった。

「離縁する」

大伍は佐久良との婚姻を破棄すれば無事ですむが、それではなんのために一緒になったかわからなくなってしまう。

仮親を見つけるのは、なかなかに難しいことであった。

「お暇があるときにと思っておりましたのに……」

佐久良がぼやいた。

「慌てずともよかろう。目付もいつまでも吾にかかわっているわけにはいくまいよ」

大伍が手を振った。

「それは……」

「小笠原若狭守どのが、どうにかなさるだろう。一応、釘を刺しておいた」

怪訝な顔をした佐久良に、大伍がにやりと笑った。

「御側御用取次さまに」

佐久良が目を大きくした。

「伊藤刑部右衛門もいつまで目付でおられるかの」

「それはなりより」

二人が顔を見合わせた。


当番目付へ釘を刺した小笠原若狭守は、家斉にその旨を報告した。

「それ以上は難しいかの」

家斉が不足だと暗に主張した。

将軍の密命を受けている者の足を目付が引っ張ろうとする。いかに監察という役目とはいえ、これでは本末転倒であった。

幕府は徳川家のものなのだ。徳川の主君である将軍の意思は、何一つ邪魔されることなく、達成されてしかるべきであった。

「あまり露骨にいたしますると、公方さまのお考えが外に広まりましょう」

「……それはよくない」

諫言《かんげん》をした小笠原若狭守に、家斉が苦い顔をした。

家斉は五代将軍綱吉が作成させたであろう土芥寇讎記のまねを従っていた。土芥寇讎記とは、当時の大名すべての素行調査のようなもので、家族、本人の能力、性格はもとより、国元の評判なども記載されており、これをもとに綱吉は人材を発掘、育成をおこなっていたとされていた。

「公方さまのお望みのためにも、ここはしばし様子を見られたがよいかと」

「わかった」

騒ぎを大きくするべきではないとの小笠原若狭守の勧めに、家斉がうなずいた。

「ところで、次はまだか」

家斉が不満を口にした。

「今しばしお待ちをいただかねばなりませぬ」

「躬の命よりも先にせねばならぬものがあるというのか」

すぐには無理だと答えた小笠原若狭守に、家斉が怒りを見せた。

「目付の監察が射貫の邪魔をしておりまする」

「……監察か」

家斉が頰をゆがめた。

台命《たいめい》を受けていると表沙汰にできるならば問題ないが、密命となれば無役と同じになる。そういった旗本や御家人は監察の指示には逆らえなかった。

「まったく、何様のつもりだ」

家斉が腹を立てた。

「目付の役は、将軍といえども口出しできぬのが慣例でございまする」

小笠原若狭守が首を左右に振った。

「慣例……か」

「はい」

「ならば明文とはなっておらぬのだな」

「なっておらぬかと」

確認した家斉に小笠原若狭守がうなずいた。

法度はすべて将軍が定めるものであった。すなわち、将軍には幕府の法度、慣例は通用しなかった。

「幕府は、いや天下は躬がもの……そうか。法度ではない」

「公方さま」

呟きつつ嗤《わら》う家斉に、小笠原若狭守が震えた。

いくら登城随意とはいえ、連日となると目を付けられる。

伊藤刑部右衛門は三日目の早朝に出務した。

「…………」

いつものように正面だけを見て、玄関を通過しようとした伊藤刑部右衛門を徒目付組頭が呼び止めた。

「伊藤さま」

「……なんじゃ」

足を止められたことへの不満を口調にのせて、伊藤刑部右衛門が振り向いた。

「当番目付さまのもとへご案内いたしまする」

徒目付組頭が告げた。

「……当番……木下兵部どののことか」

伊藤刑部右衛門が怪訝な顔をした。

「なにかお報せせねばならぬことがおありだとか」

「吾だけに……」

より一層伊藤刑部右衛門が首をかしげた。

当番目付の役目は、目付全体への通知を代表して受け取り、それを周知徹底することであった。

目付一人を名指しして、当番が話をすることがないわけではなかったが、非常に珍しい。

「ならば参ろうか」

当番目付は目付部屋にいる。案内など不要だが、一人でも供が付いていると見栄えがいい。

「先導を仕《つかまつ》る」

徒目付組頭が伊藤刑部右衛門の前へ立った。

「拙者に用だと聞いたが」

目付部屋に入った伊藤刑部右衛門が、木下兵部に近づいた。

「ようやく参ったか」

三日待たされた木下兵部が嘆息して迎えた。

「伝言を聞こう」

伊藤刑部右衛門が、当番目付など伝言役でしかないと用件を急《せ》かした。

「……まあいい」

一瞬不快そうな顔をした木下兵部だったが、すぐに落ち着いた。

「以降、射貫大伍への手出しは遠慮いたせ」

木下兵部が告げた。

「なにを申しておる。我ら目付は誰を調べようとも自在である」

「伝えたぞ」

不満を口にした伊藤刑部右衛門に、木下兵部が詳細の説明を拒んだ。

「………………」

用はすんだと木下兵部は、職務の一つである書類整理を始めた。

「誰に言われた。御側御用取次の小笠原若狭守か」

大伍を調べれば、小笠原若狭守に行き当たる。

伊藤刑部右衛門が木下兵部を詰問した。

「……御側御用取次ていどで、目付を抑えられるはずはなかろう」

木下兵部があきれた。

「御側御用取次より上となると……老中か」

「老中は一人の方が握っておる。そのようなまねをするはずもない」

続けて問うた伊藤刑部右衛門に木下刑部が首を横に振った。

十一代将軍家斉も御用部屋へ手の者を入れようと努力しているが、幕政を支配している老中首座松平定信がそれを認めるはずもなく、今のところ御用部屋が家斉のために動くことはなかった。

「……御三家か」

目付でも御三家には手出しできない。

「どうかの。拙者は伝言役でしかないのでな」

先ほどの嫌味へ木下兵部は返した。

「……うっ。詫びる」

腹だち紛れの八つ当たりにしっかりと報いてきた。

苦い顔で伊藤刑部右衛門が詫びた。

「ふん」

ようやく木下兵部が書付から目を離した。

「御側御用取次を使い走りにできるお方とあれば……」

「……公方さまか」

そこまで言われて、伊藤刑部右衛門が気づかされた。

「しかと伝えたぞ。もう、目付を、拙者を巻きこまんでくれ」

疫病神を追い払うように木下兵部が手を振った。

「…………」

伊藤刑部右衛門が力を失ったように力なく座りこんだ。

「……ああ」

両手で顔を覆った伊藤刑部右衛門が小さく呻《うめ》いた。

二

木下兵部から釘を刺された伊藤刑部右衛門は夜、八丁堀《はっちょうぼり》にある松平定信の屋敷を訪れた。

「……なにをしに来た」

不機嫌な松平定信に迎えられた伊藤刑部右衛門が言いわけをした。

「小笠原若狭守から……」

「そのようなもの、なぜ気にせねばならぬ。監察は幕府のなかで唯一独立をしているのだぞ」

家斉の側近の名前に、松平定信が不満を大きくした。

「当番目付からは、小笠原若狭守ではなく、その上からの忠告だと」

「御側御用取次の上……老中も若年寄もすべて余の手中にある。あやつらが小笠原若狭守と手を組むことはない」

松平定信が強く否定した。

「公方さまだと思えるが、御当代にそれだけの肚《はら》はない」

「では公方さまでないと」

ほっと伊藤刑部右衛門が安堵した。

「となると主殿頭ではございませぬか」

伊藤刑部右衛門がかつての権力者田沼主殿頭の名前を出した。

「それこそあり得ぬ。もう主殿頭の影響は御上のなかに残ってはおらぬ。なにより……」

首を横に振った松平定信が一度言葉を切った。

「なにより、もう主殿頭は数日保《も》たぬ」

「それは……」

声を潜めた松平定信に伊藤刑部右衛門が息を呑んだ。

「死を目の前にして腑抜《ふぬ》けたことを病床で申したという」

「病床……」

伊藤刑部右衛門が一層引いた。

隠居の病床に出入りできる者は限られている。まず、孫である当主、その腹心、医者、身の廻りの世話をする近臣ていどである。

いわば田沼家に忠誠を誓った者ばかりであった。それこそ田沼主殿頭の病状から、日常の様子まで外へ漏れるはずはなかった。

それが病床で田沼主殿頭がもらした発言を松平定信が知っている。つまり、その鉄壁の守りのなかまで松平定信の手の者が入りこんでいるということであった。

「もう望むは田沼家の存続だけだそうな」

「田沼家の存続……」

嗤いながら告げた松平定信に伊藤刑部右衛門が驚いた。

今の田沼家は風前の灯火《ともしび》であった。

譜代とはいえ、石高は一万、それも表高であり、実高に至っては六千石ていどしかない。とても栄華を極めた権力者の跡継ぎとは思えなかった。

しかもこの境遇は、今の政権を握る老中首座松平越中守定信との政争に敗れたことによる。

つまり、松平定信がいる限り、田沼家は再浮上できない。

「孫に遺してやりたいと、そればかりを申しておるようだ。まあ、無理もないがの」

田沼はもと浪人、主殿頭の父がようやく紀州家の足軽に取り立てられ、そこから見いだされて、六百石の旗本になった。その田沼家を五万石越えまで出世させたのが、主殿頭であった。

大御所吉宗、九代将軍家重、十代将軍家治と三代にわたって仕え、寵愛を受けてきた主殿頭は、比類なき権力も握った。

「任せる」

とくに家治の信頼は厚く、もともと政に興味のなかったこともあって田沼主殿頭にすべてを預け、己は趣味の将棋、囲碁に没頭した。

「こういたしても」

「そうせい」

田沼主殿頭の上申をすべて受け入れることから、そうせい公と呼ばれた家治、それを受けて徐々に権力に染まった田沼主殿頭。

「成り上がりが」

「公方さまのご寵愛をいいことに、好き放題しおって」

老中を輩出する家柄、御三家や一門衆などの名門が田沼主殿頭を嫌うようになるのにときは要らなかった。

なかでも御三卿田安家の七男賢丸が露骨であった。

「余が将軍となったときには、主殿頭を排除する」

そう宣していた家治の嫡男家基が変死すると、その思いを受け継いで将軍位に執着し始めた。

「面倒な」

権力を持っている者にとって、それを奪おうとする者は敵である。

「養子に出されたし」

将軍になることのできる御三卿の子息という立場を、田沼主殿頭は田安賢丸から奪い、松平へと放逐した。

「なにとぞ」

「家督を譲りますゆえ」

息子を一門から引き離されそうになった田安家当主宗武《むねたけ》が、隠居して家督を継がせるから賢丸を養子とさせないでくれと懇願したが、

「それこそ、賢丸の幸せである。政にかかわれぬ御三卿より、白河藩とはいえ思うがままに腕を振るえるほうが、賢丸もうれしかろう」

家治は田安家の願いを一蹴した。

「それでは田安の跡取りがいなくなりまする。八代将軍さまが、本家に人なきときに御三家よりも先に次代を出すとして設けられたのが、御三卿」

七代将軍家継が幼くして亡くなり、跡継ぎに誰をとなったとき、候補となったのが紀伊徳川の吉宗、尾張徳川の吉通《よしみち》とその弟継友《つぐとも》、六代将軍家宣の弟館林藩当主松平清武《きよたけ》の三人であった。

もっとも松平清武は、高齢であるとして早期に除外され、実質は尾張徳川家の当主もしくは吉宗のどちらかが八代将軍となる流れとなった。

そこで優位にたったのが尾張徳川であった。

「長幼の序」

三代将軍家光のとき、家康が口にした言葉は絶対であった。

そもそも御三家尾張徳川は、家康の九男義直《よしなお》が立て、紀伊徳川は十男頼宣《よりのぶ》が初代であった。つまり、尾張が兄であった。

尾張徳川の当主が八代将軍になる。問題はないはずであった。

「吉通公ご不審死」

ことが一気に変化した。

名君と言われ、六代将軍家宣から家継が一人前になるまで、代理として七代将軍を担ってくれと頼まれるほどの人物だった吉通が江戸の中屋敷で変死してしまった。詳細はわからないが、どうやら実母から毒を盛られたらしい。

原因はわかっても、相手が相手だけに表沙汰にすることはできない。

「急病死」

吉通は変死から病死へと死因を変えられた。

病死ならば、問題はない。かつて急死は継承を認められなかったが、四代将軍家綱《いえつな》の執政で大政委任となった保科肥後守正之《ほしなひごのかみまさゆき》が末期養子の禁を解き、よほど怪しくない限りは家督相続が認められるようになった。

これのおかげで尾張徳川は無事に吉通の一人息子五郎太《ごろうた》を当主として迎えられた。

「助かった」

尾張徳川は安堵のため息を吐いた。だが、不幸は続いた。後を継いだばかりの五郎太まで変死してしまったのだ。

「なんとか」

御三家でも二代にわたって変死が続けば、幕府も見逃してくれない。減封《げんぽう》は当然、下手をすると御三家の格式を奪われかねなかった。

まさに生死の境目、尾張徳川は必死になった。

要路に金を撒《ま》き、縋るようにして継承を懇願した。

「病とあれば、いたしかたなし」

これが十万石以下の譜代、外様大名ならば通らなかっただろう。八代将軍の最有力候補で家康の直系の尾張徳川だからこそ認められたのだ。

「格別なお家柄であれば」

そこに紀伊徳川の援護もあった。

「かたじけなし」

同じ御三家の手回しは大きい。老中たちも八代将軍を早く決めたいと思っている。紀伊徳川の一言は幕府にとっても大きな後押しとなった。

もちろん、老中たちも紀伊徳川が好敵手の尾張徳川に救いの手を出したのがなぜかはわかっていた。

「代わりに……」

「承知いたしております る」

尾張徳川は八代将軍の座をあきらめることになった。

この経緯が、吉宗をして御三卿を創設させた。

「本家に跡継ぎがないならば、躬の血筋がその代理を務めるべきである。将軍に近い者ほど優位になるのが当然」

吉宗はそう考えた。

結果、吉宗は将軍身内衆として二家を新設、次男宗武《むねたけ》に田安を、三男宗尹《むねただ》に一橋を継がせた。

続けて九代将軍家重も次男重好《しげよし》を清水《しみず》に封じた。

こうして田安、一橋、清水の三家が御三卿として、成立した。

いうまでもなく、この三家にも序列はあった。吉宗の次男を祖とする田安が第一、同じく吉宗の三男が興した一橋が第二、家重の次男重好の清水が末席になる。

田安治察《はるあき》が十一代将軍に定信を強く要求したのもここに拠《よ》った。

理は田安治察にあった。

「身体壮健ならず」

この理を枉げたのが田沼主殿頭であった。

田沼主殿頭にも理があったのだ。

田安宗武には、多くの男子がいた。子宝には恵まれていたが、嫡男から四男までが夭折《ようせつ》し、生き残った二代目当主治察も蒲柳《ほりゅう》の質で病に伏すことが多かった。それこそ、まともに成人したのは六男定国《さだくに》、七男定信の二人だけというありさまであった。

「将軍は天下の武士の統領である。身体壮健でなければ務まらぬ。いかに田安が長幼の序でいけば頂点になるとしても、身体が弱ければまたぞろ継承の問題が起こりかねぬ」

これもまちがいではなかった。

「主殿頭の申すとおりである」

そうせい公と称された家治は、田沼主殿頭の言うがままである。

「………」

理不尽と思っても、将軍の言葉は重い。

田安定信は、白河藩松平家の養子に出された。

すでに定信の兄定国は四国伊予《いよ》の松平家の養子となっていたため、田安は将軍候補を失う羽目になった。

「吾が望み潰えたり」

将軍となって祖父吉宗と同じく、幕政改革をしようと考えていた松平定信は、その夢を断たれた。

「覚えておれ」

松平定信が田沼主殿頭を呪った。

「ふん、若僧が」

己もしくは息子の政敵になりそうだった松平定信を将軍候補から追い落とした田沼主殿頭は勝ち誇った。

しかし、ここにも穴があった。

将軍一門は老中になれないという慣習から松平定信が外れてしまった。

白河藩松平家は家康の血縁ではなく、臣下だったのだ。

もともと松平は、三河の土豪であり、その系統はいくつもあった。家康もその一つでしかなかった。

結果、幕府には越前松平、津山《つやま》松平など家康の血縁である一門衆と、三河にあって長く独立を保っていたが、家康が世に出たときにその臣下となった譜代松平の二つが生まれた。

そして執政衆となれないのは、一門の方であり、臣下の松平は老中になれたのである。

「老中に」

さすがに吉宗の孫をただ臣下に追いやるのはまずい。

ときの老中たちがそう言い出し、これには田沼主殿頭も逆らえなかった。

「御上のために尽力仕りまする」

「おとなしくいたせ」

政に励むと挨拶した松平定信に、田沼主殿頭も釘を刺すのが精一杯であった。

これが田沼主殿頭を追い落とした。

人もうらやむ田沼主殿頭の立身出世を妬《ねた》んでいた者は多く、それらが松平定信を旗頭として集まったのだ。

また、運悪く田沼主殿頭意次の後ろ盾であった家治が病床に伏し、ついには亡くなってしまった。

「公方さま……」

数年前に嫡男意知を、そして今家治を失った田沼主殿頭は愕然《がくぜん》としていた。

「好機なり」

まさに絶好の機会と松平定信は田沼主殿頭を追い落としに掛かり、田沼主殿頭は敗北した。

「やった」

快哉を叫んだ松平定信だったが、すでに将軍への道は閉ざされていた。

「許さぬ」

松平定信が田沼家を憎んだのも無理からぬことであるし、老中首座となった今、没落した大名をひねり潰すことなど容易であった。

「心狭き者よ」

ただ、露骨に動けば、松平定信の名前に傷が付く。

いつでも田沼家を潰せる状態にありながら、手出しをしないのは名誉のためであった。

「なにかしら動けば……蚊のごとく叩き潰してくれる」

松平定信は、こちらからではなく田沼家が動くことを待っていた。

「このまま田沼家がおとなしくしておれば……」

伊藤刑部右衛門がそのときはどうするのかと尋ねた。

「こちらから仕掛けるだけじゃ」

冷たく松平定信が言った。

「主殿頭は老獪《ろうかい》なれど、孫の意明は若い。少し煽《あお》れば動き出すだろう」

「……そのために」

細作《さいさく》を田沼家に入れているのは、意明を焚《た》きつけるためだったのかと伊藤刑部右衛門が問うた。

「そうじゃ。そなたに黒鍬のことを教えたのも、それじゃ。黒鍬者のことは細作から聞いていたのでな。そやつの話を利用して、公方の足下を揺るがせようと考えた。公方もまだ二十歳に満たぬ。どうしても隙ができよう。配下に手出しをされれば、怒りも出る。そこに付けこめば……な」

「では……」

伊藤刑部右衛門が息を呑んだ。

「早速動いたであろう。御側御用取次が」

松平定信が小さく嗤った。

「では、わたくしは……」

「針にかかった魚を釣りあげろとまでは言わぬ。釣られまいと暴れさせればいい。暴れれば疲れもしよう。それを……な」

なにをすればいいかと訊いた伊藤刑部右衛門へ、松平定信が口の端を吊りあげた。

三

江戸を離れると決めた大伍は、剣術修行という名目で常陸国《ひたちのくに》へと向かった。常陸国には名だたる武神を祀《まつ》る鹿島《かしま》神宮があった。

まさに剣術修行の名目にふさわしい場所であった。

「……調べる意味もないが」

江戸から鹿島へ向かうには、常陸国を縦断することになる。

「御三家を役に就けることは、公方さまでもできぬ相談」

歩きながら大伍が呟いた。

幕府創設のとき、初代将軍家康は一つの基準を設けた。

「権を持つ者は禄を持たず、禄を持つ者は権を持たず」

家康は一人あるいは数人に力が集約することを忌避《きひ》した。

結果、家康の息子、甥などの近い親族は十万石をこえる大封を与えられたが、老中や若年寄といった重職には就けず、幕政に参加することは認められなかった。

当然、御三家の一つ水戸徳川家もそうであった。

「……御三家の割に寂《さび》れているような」

江戸から水戸までは、およそ三十里（百二十キロメートル）ていどである。普通に歩けば二日もあれば着いた。

水戸に入った大伍は、三十五万石で徳川御三家の城下町にしては、人通りも少なく商家もあまりない様相に不審を抱いた。

「水戸は定府《じょうふ》の家柄。参勤交代はせずともすむはず」

大伍が首をかしげた。

大名にとって参勤交代は大きな負担であった。

一年ごとに領地と江戸を往復し、江戸城の警備などの軍役を果たす。参勤交代は、幕府の軍事力の誇示であると同時に、諸大名に旅をさせることで経済的な負担をかける。

加賀の前田家、薩摩の島津家、福岡の黒田《くろだ》家のような大大名は、軍役の負担も重く、かなりの数の藩士を伴うことになり、その費用は数千両に及ぶ。

水戸家はその参勤交代をしなくていいのだ。たしかに江戸と水戸では諸色《しょしき》に差があるが、それでも負担は少ない。

同じ御三家の尾張徳川、紀伊徳川が参勤交代で青息吐息《あおいきといき》なのに比して、水戸徳川は余裕があるはずであった。

「常陸の物成《ものなり》は悪くないはずだ」

大伍が途中で見てきた田畑を思い出した。

大名には表高と実高があった。表高とは幕府から認められた領地の総石高のことで、実高は実際の物成を表した。

本来は表高と実高は一致しなければならなかったが、現実は大きな差があることが多かった。

温暖で水に恵まれたところは、表高の倍以上の実高を得る。対して、寒冷や水の利が悪いところは表高に実高が追いつかない。

「駿河国に転じる」

「かたじけなき仰せ」

物成のいいところに領地を与えられれば幸いであるが、

「奥州棚倉《たなぐら》へ封じる」

表高が実高に遠く及ばない土地へ飛ばされるのは、一種の罰であった。

「かたじけなきこと」

それでも大名は不満を見せず、礼を言わなければならない。

そのような不条理がまかり通るのは、徳川家が天下を手にしたからであった。徳川家は天下すべての土地を自儘《じまま》にできる。

当然、いい土地はすべて徳川の一門のものになっていた。

肥沃《ひよく》な尾張、物成はよくないが西国と東国を結ぶ航路を押さえる紀伊。もちろん常陸もそのうちに入る。広大な田畑と巨大な池、那珂川《なかがわ》という水運にも水利にも使える大河。なにより江戸に近いという立地。

水戸徳川は十分に裕福であるはずであった。

「少し調べるか」

大伍が家斉から命じられた役目とは少し離れるが、実情を確認するだけの値打ちはある。大伍は通過するだけのつもりだった水戸の城下に滞在を決めた。

水戸城は乱世の豪族江戸氏によってその基礎が築かれた。それを豊臣秀吉の後押しを受けた佐竹《さたけ》氏が強襲、江戸氏を滅ぼして水戸城を手に入れた。

佐竹氏は本城を太田《おおた》城から水戸城へ移し、その整備拡張をおこなって現在の城の形をなしたが、関ヶ原で徳川家に与しなかったために城地を召しあげられ、秋田へ転封された。

そこに入ったのが徳川家康の十一男頼房《よりふさ》であった。この頼房によって、水戸の城と町は完成を見た。

「難攻不落だな、これは」

水戸城を見つめながら、大伍が呟いた。

那珂川と千波湖《せんばこ》に挟まれるようにした本丸、二の丸を中心とした水戸城は、城と城下が分離している。

「天守にしては小さいが、あれは櫓《やぐら》か」

江戸に近い関八州では、江戸城に遠慮して天守閣を建てないことが多かった。徳川家の一門である水戸徳川でも、天守閣を持っていない。とはいえ、天守閣の代わりはいる。

天守閣こそ、大名の権威なのだ。城下のどこからでも見える天守閣があればこそ、民は領主への敬意を持つ。

そこで天守閣を表沙汰には持てない大名は、櫓の一つを大きくして代わりにした。水戸徳川の城にもあった。外見は三層、そのじつは五階という立派な櫓であった。

「さすがに戦国に造られただけのことはある」

大伍が感心した。

「城の周囲から左右に城下町が広がっている。武家と町屋を分けているのか」

城下の成り立ちの古いところでは、ままある。

城の周囲を藩士の屋敷で固めて、攻められたときの防衛施設として役立たせるのだ。

水戸もそうであった。

「……傷みが目立つの」

藩士たちの屋敷町を見て回った大伍が、小さく独りごちた。

「貧しいとしか思えぬ」

大伍が嘆息した。

「水戸家は旗本惣頭であったな」

御三家のなかで水戸徳川は、尾張徳川、紀伊徳川と違って、一段格下であった。尾張、紀伊ともに一国で五十万石をこえる大封を与えられているが、水戸は三十五万石ていどと国持大名ではない。さらに到達できる官位にも差があった。

尾張徳川、紀伊徳川は、それぞれ初代が権大納言《ごんだいなごん》に任官した。前例主義の朝廷では、これは家格として定められ、尾張徳川、紀伊徳川は当主は権大納言を極官とする。実際は初代への遠慮があり、ほとんどの場合一つ格下の中納言、あるいは権中納言までしか登らないが、それでも格式として認められている。

対して水戸徳川は、初代が権中納言だったため、ここまでしか登れないと決められていた。

これは水戸徳川家の初代頼房が、紀伊徳川初代頼宣の同母弟だというのが原因とされていた。十一人の男子を儲けた家康は、長幼を兄弟の格にした。つまり三男だった秀忠《ひでただ》は、十男の頼宣よりも偉いのだ。

とはいえ、次男秀康《ひでやす》がいたにもかかわらず、家康は三男秀忠に将軍職を譲っている。ここに矛盾はあるのだが、なにせ天下人である。己の考え次第でどうにでもできる。

とくに三代将軍を決めるとき家康が、秀忠の次男家光と三男忠長を比べるまでもなく、家光を選んだことで長幼が徳川の決まりになった。幸いというべきなのか、すでにこのときには秀康が死去しており、秀忠との間で起こった兄弟の軋轢《あつれき》がなくなっていたのもあり、先に生まれた者が勝ちとなった。

これが水戸徳川が御三家のなかで下だと言われる理由であった。

「愛い奴」

ただこれが水戸徳川を救った。

弟に将軍位を奪われそうになったことで、家光は猜疑《さいぎ》心の塊《かたまり》になった。

「あやつらも狙っておるに違いない」

家光は御三家の尾張徳川、紀伊徳川を警戒した。なにせ、どちらも将軍位を狙った怪しげな動きを見せていたからであった。

だが水戸徳川は違った。

同母兄紀伊徳川の予備扱いされていた頼房は、将軍には絶対になれないとわかっていたからであった。

それを家光は愛《め》でた。

「参勤交代などせず、躬の側におれ」

安心できる叔父を家光は手元においた。

「そなたに旗本惣頭を任せる」

もともと軍事に興味の薄かった家光は、いざというとき江戸の旗本をまとめる地位を創設して、頼房に預けた。

もちろんこれも残りの御三家への警告であった。

「旗本は、そなたらには従わぬ」

格下の水戸徳川に旗本の指揮権を与え、万一尾張徳川、紀伊徳川が将軍に簒奪《さんだつ》の兵を挙げたときに、旗本から寝返る者がでないようにしたのである。

そしてその待遇は、将軍が八人代わってもそのまま受け継がれていた。

「金がないはずは……」

他所者《よそもの》は目立つ。ましてや城下を町屋と侍屋敷で隔離しているところでは、馴染《なじ》みのない顔はすぐに気づかれる。

大伍はすばやく町屋へと足を動かした。

いくら他所者が目立つとはいえ、旅人を受け入れている旅籠《はたご》などが並ぶ町屋では、大伍も胡乱《うろん》な目で見られることはなかった。

「空《あ》いているか」

大伍は旅籠が並ぶ街道沿いの一軒を選んだ。

「お泊まりでございましょうか」

土間にいた旅籠の奉公人が反応した。

「一夜頼もう」

一晩だけ滞在すると大伍が述べた。

「ありがとう存じまする」

奉公人が笑みを浮かべた。

旅籠は得体の知れない旅人を迎え入れるのが商いである。泊まってもらわないと成り立たないが、だからといって怪しげな連中は避けたいのだ。

旅籠に旅人を装った極悪犯が滞在している。あるいはしていた。こうなると藩の取り調べが入ったりして面倒になる。それどころか旅籠内で盗人や下手人となられては大事になってしまう。

ただこういった城下で何か悪事をと考える連中や、旅籠で一働きをしようとたくらむ連中は、あるていど下調べをおこなうために、数日連泊をすることが多い。

まず一夜限りの者は、翌朝には旅立ってくれるので問題を起こさず、旅籠にとっては安全な客であった。

「宿帳をお願いいたしまする」

「ああ」

部屋に入ると案内をしていた奉公人が、宿帳と矢立を差し出した。

「お旗本さまでいらっしゃいますか」

「うむ。常陸には剣術道場が数あると聞いたのでな。武者修行にと鹿島へ向かうつもりでおる」

「鹿島でございますか。たしかに名だたる道場がいくつもあると伺っておりまする」

目的地まで明らかにされた奉公人が、より表情を緩めた。

「世話になる」

警戒が解けたところで、大伍は素早く小粒金を奉公人に握らせた。

「これは帳場へのお茶代で」

店全体への心付けかと奉公人が確認した。

「おぬしにだ」

大伍が首を横に振った。

「それはどうも」

奉公人が満面の笑顔になった。

小粒金は大きさによって価値が変わる。小さいもので八十文くらいから、大きなものになると五百文をこえる。大伍が出したのはおよそ旅籠一拍の宿泊料に近い二百文近くのものであった。

「多いと思うなら、少し板場に分けてやってくれ。旅で飯がさみしいのは、心細くなるのでの」

「お任せを」

それでも百文以上は懐《ふところ》に残る。奉公人が喜んで首肯した。

「なあ、番頭。先ほどお城を拝見しようとして近くまで参ったのだが……いささか寂れているようにな」

大伍が声を潜めた。

「お気づきになられましたか」

奉公人も小声になった。

「……………」

無言で大伍が話を促した。

「大日本史というのをご存じで」

　奉公人が話し出した。

「大日本史というのは聞いたことがあるの。なんでも水戸徳川二代目の権中納言光圀《みつくに》公が、本邦の始まりから今までの事象を集めて記録として残そうとなされたものだと」

　大伍がうなずいた。

「よくご存じで」

　奉公人が称賛した。

「それがどうしたのだ。光圀公のころの話であろう。二百年とは言わぬが、百年以上前のことだろう」

　大伍が首をかしげた。

「それがですなあ。まだ大日本史はできあがっておりませぬ」

「……まだできていない。百年経ってるのにか」

　奉公人の言葉に大伍が驚いた。

　大日本史は最初百王本記と呼ばれ、水戸家の当主を甥に譲った光圀が元禄三年（一六九〇）にすべての公益事業を停止、この作成に全力を注いだ。

この百王本記は一応元禄十年に完成したが、元禄十三年に光圀が死ぬとその後を三代当主綱條《つなえだ》が引き継いだ。この綱條が、百王本記という名前はふさわしくないと改名を宣し、大日本史とした。

「射貫さま、歴史というのは一日ごとに延びるもので」

「一日ごと……それでは終わりがない」

大伍が絶句した。

「終わらないほうがよいお方もおられますし」

「……終わらないほうがいい。あっ、そうか」

小さく笑った奉公人の言葉に、大伍が気づいた。

「歴史を編纂《へんさん》する学者が、ずっと働ける」

「さようでございまする。仕事がある間、ずっと藩から禄が出ますから」

奉公人が小さく首を横に振った。

「しかし、そんなに金がかかるのか。藩が寂れるほどに」

大伍が顔色を変えた。

「金がかかるそうでございますよ。まず、伝承を記した貴重な本を買い付けなければなりませぬ」

「本を買うのか」

江戸には貸本屋があった。黄表紙などの滑稽本やいかがわしい内容のものを担いで、御家人の屋敷や商家を巡って三日でいくらとか五日でいくらと安い料金で本を貸して回る。

なかには源氏物語や古事記などの学術に近いものを貸す者もいた。

どちらにせよ、手に入れた本を細かく分断して貸し、その料金を稼ぐのだ。

本を借りる。そうでもしなければ、御家人や民は本と触れあうことができない。それだけ本というのは貴重で高価なものであった。

「買えればいいですが、神社の縁起だとかになるとまず手放してはくれませぬ」

本を買うことができない場合もある。

「なるほど。そういったときは出向くのだな」

大伍が手を打った。

どれほどの名家、神社であろうとも、御三家の水戸徳川からの要請を拒むことは難

しい。さすがに神社の宝で一つしかないとなれば売ることは避けられても、

「ならば、写本を作らせていただきたい」

写すことは拒否はできない。

「たとえば九州の神社に貴重な記録がある。それを写すために水戸から学者を派遣し、ついでに周囲の伝承を集めるなどしていれば、一月どころか半年くらいはかかる」

「いくらかかりましょう」

唸った大伍に奉公人が問うように続けた。

「旅籠代と三食の費用……一カ月でおよそ九千文はかかるかと」

商売柄滞在費用について旅籠の奉公人は詳しい。奉公人が計算した金額に、大伍が目を剝いた。

「怖ろしいな」

「でございますな」

「水戸徳川の内証が厳しいのも無理はないか」

大伍が嘆息した。

四

水戸徳川が貧していることを、大伍は家斉へ報告すべく、備忘録に記した。

「御三家は執政にできないが、それでも大廊下詰め。公方さまのご諮問《しもん》に応じる義務がある」

夕餉をすませた大伍が筆を走らせた。

御三家だけでなく、津山松平家、越前松平家、甲府徳川家、館林徳川家、鷹司《たかつかさ》松平家、加賀の前田家は格別な家柄として、大廊下に伺候席を与えられていた。他に薩摩島津、仙台伊達《だて》家、長州毛利《もうり》など大広間詰め、会津松平家、高松松平家、彦根の井伊《い》家などが詰める溜まりの間が格別な扱いを受けた。

その扱いは将軍家諮問であった。

「いかがすればよいと思いよるか」

「躬はこうするべきと考えるが、そなたはいかがなりや」

まあ、将軍が家臣に諮問することはまずないが、家康、秀忠のころの前例がそのまま生き続けている。

とくに水戸徳川は将軍に近い。

「このようになさればよろしいのでは」

水戸徳川に都合のよいように、答えられてはまずい。

「当代の公方さまは、水戸を贔屓になさりすぎる」

家斉に悪評が立ちかねない。

なにせ先代の家治が、田沼主殿頭を寵愛しすぎて、幕政にいろいろとゆがみが生じてしまった。

同じ傾向を家斉が見せ始めたら、たちまち周囲が抑えにかかる。

「公方さま、なりませぬぞ。なんのために我ら執政がおるのかおわかりでは……」

とくに松平定信が家斉を圧し始めるのはまちがいなかった。

「とって返すほどではないな」

水戸徳川の状況はまずいが、あくまでも内部のことであり、周囲へ影響を及ぼすにはいたっていない。

「任はどうした」

手を抜いていると言われてしまう。

「御手元金を無為にするだけか」

とくに同じく家斉に仕えていながら、敵対しているに等しい小笠原若狭守が黙ってはいなかった。

「一つか二つの大名を調べねばならぬの」

大伍が面倒くさそうな顔をした。

別段に水戸徳川に謀反の気配があるわけではない。

「世話になった」

「またお越しをお待ちいたしております」

朝の早いうちに大伍は旅籠を発《た》った。

「……尾行はなさそうだな」

街道筋に出てしばらくの間、大伍は背後を気にしていた。

というのは、旅籠や木賃宿は城下の治安を守る町奉行所と緊密に繫がっており、怪しい客だと見れば通報するからであった。

結果、一夜見張られて過ごし、翌日はその城下を外れるまで町奉行所の尾行を受けることになる。

「怪しいとは思われなかったようだな。これも心付けの効果か」

肩の力を抜いた大伍が独りごちた。

「さて、ならば急ぐか」

水戸徳川の領地を出てしまえば、御三家の町奉行所でも何一つできなくなる。せいぜいが後を付けてどこが目的地かを探るくらいであった。

「では」

大伍が足に力を入れた。

常陸国には、水戸徳川以外にも宍戸《しど》、府中《ふちゅう》の水戸徳川支藩があった。他にも九万五千石の土屋能登守篤直《つちやのとのかみあつなお》を始めに、八万石の牧野《まきの》家、二万石の石川《いしかわ》家、一万石の山口《やまぐち》家、一万石の井上《いのうえ》家、そして外様大名の一万六千石で熊本の細川《ほそかわ》家の分家谷田部《やたべ》家、一万石の新庄《しんじょう》家がある。

「まずは土浦《つちうら》藩土屋家からか」

譜代大名で九万五千石というのはかなりの名門になる。

もっともそれだけの大名になると、執政は五万石以下といった倣《なら》いに合わないため、よほどでないと家斉の側近になれない。

「いや、土浦は水戸よりも江戸に近い」

土浦は江戸から半日ほどでいける。

「待てよ、ほとんどの藩が水戸より江戸よりだ」

大伍がしくじったという顔をした。

「まあ、常陸の中央は水戸ゆえ、順路としては無駄ではないな」

小さく頭《かぶり》を振って大伍が自らを納得させた。

「なにより、水戸の現状を知れたのは大きい」

今回水戸へ急いだのは、目付の目をごまかすためであった。途中に土浦、下妻《しもつま》などはあったが、そこへ寄ったことを徒目付にでも見られれば、目付に大伍の行動が知られてしまう。

半日やそこらでは徒目付や小人目付の気配は感じ取れない。大伍もそうであったが、徒目付や小人目付のなかには、隠密仕事を専門としている者がいる。

当然、水戸徳川の町奉行所の小役人や小者のように、すぐに尾行を、見張りを気取られることはない。

といったところで大伍も隠密仕事をしてきている。一日やそこらで相手を見つけることは難しいが、それでも二日もあればわかる。

「なさそうだ」

大伍が安心したのは、水戸に入ってからであった。

それまでは周囲に気を配るだけの余裕がなかったのだ。

「では、下館《しもだて》は外していいだろう」

下館は徳川光圀の兄が初代となって、系譜を重ねている。支藩ほどの関係はないだろうが、水戸徳川とのかかわりは無視できなかった。

「外様は役に就けにくい」

すでに徳川家康が天下を獲《と》ってから二百年近い。今更外様、譜代の差などないに等しいが、一部の番方の役人にはしないという慣習が残っていた。

なにより将軍の側近が外様大名というのはまずい、それこそ譜代大名に人がいないと言っているも同じになる。

「浮かれておられるようだしな」

大伍が眉《まゆ》をわずかにあげながら呟いた。

先日の初めての報告を受けて家斉がかなりはしゃいだと大伍は知っていた。

「下手に外様大名が優秀だと報せては、待ってましたとばかりにお召しになられる可能性が高い」

小さく大伍が息を吐いた。

そもそも大伍が見いだされたのが、家斉の側近を探すためであった。というのも家斉の周囲には小笠原若狭守くらいしか信用できる者がおらず、それこそ老中や若年寄はもちろん、小姓や小納戸といった連中まで、松平定信の息がかかっているからであった。

「このままでは傀儡《くぐつ》じゃ」

家斉が嘆息した。

なにせ目の前で家治という飾りを見て育ったのだ。徳川将軍は君臨すれども統治せずであるのがよいとは思っていない。将軍親政で幕府を立て直した吉宗という曾祖父がいたのだ。

「曾祖父さままではいかずとも、名君であったと讃えられたい」

まだ若い家斉が、吉宗に憧れるのも無理はなかった。

「お任せを」

「我らがいたしまする」

だが、そんな家斉の願いは松平定信によって排除された。

「大所高所から見ていただければ……政などといった些末なことは我らがこなしましょうほどに」

将軍となった家斉に、老中たちがそろって初めての目通りをしたとき、松平定信が代表として宣告した。

「………」

口出しも手出しもするなと言われた家斉は、あまりの悔しさに歯がみをして返事をしなかった。

「よろしく助けるように」

「励め」

普通はそう返答をするが、家斉は無言で拒否を示した。

「宣戦を布告なされた」

わずか数日で江戸城中に拡がったこの話を耳にしたとき、誰もが家斉は松平定信と戦ってでも政を手にすると決意したと感じた。

そして家斉が目を付けたのが、江戸城表最奥にあり老中首座であろうが小姓組頭であろうが許可なく足を踏み入れることのできない御用の間、そこで写しを取られることもなく厳重に保管されていた『土芥寇讎記』であった。

内容からおそらく五代将軍綱吉によってまとめられたのではないかと推測される『土芥寇讎記』は、全国の大名について事細かく調査している。藩主の年齢、性格はもとより、国元での行動、重臣たちへの対応など多岐《たき》にわたって調べ尽くして、綱吉に報告されている。

そしてこの『土芥寇讎記』をもとに、綱吉は側近団を選抜し、将軍親政の助けにした形跡があった。

「躬も自ら人を選びたい」

松平定信の一言が、家斉を一層の将軍親政へ駆り立てた。

その結果が、今の大伍の役目であった。

「公方さまのお想いもわかるが……」

大伍は戸惑っていた。

かつての『土芥寇讎記』は、一人でなしたものではないとわかったからであった。先日、初めてのお役目として安部摂津守を調べたが、それだけで数日かかっている。往復から報告まで入れれば十日は費やした。

加賀の前田、薩摩の島津、仙台の伊達など、どう考えても将軍側近にはなれない家柄もあるため、すべての大名を調べなくてもすむが、それでも二百五十家ほどはある。単純に計算しても二千五百日は要る。十年には届かないが、それでもかなりの期間がかかってしまう。

「そこまで公方さまがお待ちくださるか」

家斉は短気ではないが、そう気の長いほうではない。

「なにをしておる」

そう遠くない日に、家斉から叱られるのもまちがいはなかった。

「役立たずが」

五十俵など、将軍が使っている筆よりも軽い。

「食禄四十石を召しあげ、身分を小者に落とす」

せっかく得た禄と身分が無になりかねない。

「人手を増やしてもらうように願うしかないが……」

どう考えても綱吉の『土芥寇讎記』は隠密一人や二人で完成させたとは思えなかった。それこそ伊賀組総出で作りあげたと聞かされても納得してしまう出来なのだ。それを大伍一人で完成させるなど、土を集めて富士山を作るようなものである。

「他にもいないとは言えないがな」

隠密同士を会わさず、調べた内容の差を比べるという方法は確かにある。そのほうがより確実な結果に繋がるが、その手間は刻《とき》という浪費してしまえば、二度と戻ることのないものへ響く。

大伍は同僚はいないと推測していた。

「とりあえず、調べて回るか」

一人で愚痴を言ってもことは進まない。

大伍は任に集中した。

伊藤刑部右衛門は、松平定信から教えられた話で肚《はら》を括《くく》った。

「御側御用取次と老中首座を天秤にかければ、どちらに傾くかなどは自明の理である」

君側の寵臣と考えれば小笠原若狭守が家斉に近い。松平定信はどちらかといえばところか、明らかに家斉に敵対している。

家斉は将軍であり、老中首座よりも権は上にある。だが、現状、幕政は松平定信に握られている。

「ご隠居なされては」

御用部屋を完全に掌握している松平定信の権力は、家斉を無理矢理大御所とするくらいはある。

「それに御側御用取次の小笠原若狭守は老齢じゃ」

かつて身を引いており再出仕で御側御用取次を務める小笠原若狭守は古稀《こき》に近い。

「とてもこれ以上出世はできまい」

御側御用取次のほとんどは、数年務めた後側用人を経て、老中へと出世していくが、その階《きざはし》には十年ほどのときがかかる。とても小笠原若狭守が、その出世の道を今からたどっていくとは思えなかった。

　伊藤刑部右衛門が当番目付を通じて届けられた小笠原若狭守の警告を無視し、松平定信に与すると考えたのはまちがいではなかった。

「徒目付組頭はおるか」

　登城した伊藤刑部右衛門は、玄関側の徒目付控へ足を踏み入れた。

「刑部右衛門さま、なにか御用でございましょうか」

　当番だった徒目付組頭がすばやく応じた。

「徒目付で剣を得手《えて》とする者を二人出せ」

「……誰でも剣は使えまするが」

　徒目付は武をもって役目を果たす。徒目付組頭が誰を推薦していいかと困惑したのも当然であった。

「ならば、剣と隠形《おんぎょう》に長《た》けておる者を」

「隠形でございまするか」

　徒目付組頭が少し思案に入った。

「後を付けていても気取られぬ者がよい」

　もともと隠形は、気配を消すものである。

「……ならばよい者がおりまする」

「これへ呼べ」

うなずいた徒目付組頭に伊藤刑部右衛門が、徒目付組頭部屋の奥にある隠し部屋を指さした。

ここは目付が徒目付に密命を与えるために使用する部屋で、その出入りは徒目付組頭が見張っており、分厚い木戸の向こうでなにが話されたかは知られることがなかった。

「承知」

徒目付組頭が伊藤刑部右衛門の指図に応じた。

# 第四章　下僚の悲哀

## 一

砂川三郎四郎《すなかわさぶろうしろう》、勝倉太次郎助《かつくらたじろうすけ》の徒目付二人が、詰め所を出た。

「少し寄っていけ」

「そうさせてもらおう」

誘いを受けた勝倉太次郎助が、砂川三郎四郎と肩を並べた。

御家人、それも百石ていどの小身の屋敷は江戸城から離れている。徳川家としては、城に近い辺りに信頼のおける譜代の家臣を置きたいのは当然であるし、旗本にしても城近くに屋敷を与えられるのは、信頼の証であるため一筋ずれるだけでもめ事になる。

その点、屋敷の位置がどこであろうとも文句を言わない、正確には言えない御家人たちは深川や本所《ほんじょ》にひとまとめにされている。

徒目付になったからひとまとめの組屋敷へというわけでもないが、不思議と同僚の屋敷は近かった。

「なにも出せんぞ」

「気にするな」

屋敷の座敷に案内した砂川三郎四郎が、勝倉太次郎助に言った。

隠密御用を含めた徒目付の任は、家族にも厳秘が求められる。そのため妻女であろうとも話の場へ近づけるわけにはいかなかった。

「刑部右衛門さまのご命についてどうだ」

砂川三郎四郎が早速用件に入った。

「無茶だな」

勝倉太次郎助が一言で断じた。

「もと小人目付で身上げを受けたほどの相手だ。かなりの腕利きだろう」

「だな」

首を横に振った勝倉太次郎助に、砂川三郎四郎が同意した。

「されど、刑部右衛門さまのお指図を果たさぬというわけにはいかぬぞ」

砂川三郎四郎が嘆息した。

徒目付は御家人以下を監察する。だが、同時に目付によって監察をされていた。目付が出した命令に従わなければ、まちがいなく粛清《しゅくせい》される。もちろん、努力したが届かないことはある。目付の命が無理なことも少なくはない。

しかし、そのようなことを目付は気にもしなかった。

「なぜ失敗した」

「ええい、役立たずめ」

任の失敗は指図を出した目付の傷になる。旗本の俊英と呼ばれた目付が、そのような評価を受けることに我慢できるはずもない。

「下僚が使えず」

「余の指図はまちがっていなかったものを……」

そこで少しでも傷を浅くするために、徒目付へ責任を押しつける。

つまり、徒目付は目付の命を受けた段階で、成功させるか、失敗して咎めを受けるかのどちらかしかなくなる。

「どうする」

「調べるしかなかろう。まずどのような相手かを」

難しい顔をした砂川三郎四郎に勝倉太次郎助が手立ての端緒を口にした。

「腕が立つかどうか……」

「うむ。弁が立つのはわかっている。なにせ刑部右衛門さまの詰問をかわしてみせたと聞くからな」

勝倉太次郎助が述べた。

いくら隠そうとしたところで、伊藤刑部右衛門が大伍を呼び出したことは皆の知るところであった。

そしてその呼び出しが伊藤刑部右衛門の望む結果ではなかったというのもわかっていた。

「閉門の手配を」

もし伊藤刑部右衛門の思惑通りになっていれば、胸を張って続く手続きを徒目付に指示してくる。

「…………」

それがなかったのだ。

徒目付たちは皆、伊藤刑部右衛門の思惑が外れたことを感じ取っていた。

「失態を隠蔽《いんぺい》するためか」

「ああ」

今回の任務に正義はないと勝倉太次郎助も砂川三郎四郎も理解していた。

「射貫大伍……表向きは剣術修行のために諸国廻国の許可を得ている」

「表はな」

二人が顔を見合わせた。

「今どき、剣術修行をする御家人なんぞおらぬし、お許しも出ぬ」

「それが出ているとなると」

勝倉太次郎助の懸念に砂川三郎四郎が一度間を置いた。

「後ろ盾がある」

「……後ろ盾ではあるまい。背後で操っているお方がいる」

砂川三郎四郎の言葉に、勝倉太次郎助が首を左右に振った。

「どなたかがわかれば、我らの動きも決まるのだが」

「小人目付を御家人に身上げできるとなれば、御老中か、御側御用人、あるいは御側御用取次……」

「どなたでも、手出しできぬぞ」

目付にも限界はある。よほど法度を外れた動きの証でもなければ、目付でも上役には手出しできなかった。

「とにかくそこら辺りも含めて、調べるしかないな」

「では、拙者が現状を」

「ならば吾は小人目付だったころの射貫を」

二人が役割分担をした。

大伍の屋敷がある深川伊勢崎《いせざき》町一丁目は御家人の屋敷が建ち並んでいる。もともとは江戸湾を埋め立てて作ったところだけに、季節によっては蚊が酷い。

「…………」

大伍の現状を調べに来た勝倉太次郎助は、近隣の屋敷のなかに無断で忍びこんで見張りを続けながら、すでに季節を過ぎたというのに群がってくる蚊に辟易《へきえき》していた。

どれほど隠形に長けていても蚊には通じない。

「たまらぬ」

勝倉太次郎助は居場所を変えた。

我慢には慣れていても、わざわざ不利な状況に身を置く意味はない。蚊が群がっているだけで、見る者が見ればそこに人が潜んでいることは知れるのだ。

「隣家でよいか」

数軒離れているほど隠形には有利だが、そのぶん相手のこともわかりにくい。

勝倉太次郎助は大伍の隣家、中野一右衛門の屋敷へと移動した。

「気配は一人しかないな」

中野一右衛門の屋敷をまず勝倉太次郎助は探った。

御家人にも石高に応じた軍役が課されている。もちろん、旗本のように侍身分の者を抱えるわけではなく、鎧櫃《よろいびつ》持ち、あるいは槍持ちの小者ていどでしかないが、昨今の御家人は内証が苦しいため、小者も女中も雇い入れていないことが多い。

普段から表門は閉め切っていて、出入りは当主といえども潜り、しかも門番がいないから砂の入った徳利をてこの原理で開け閉めするというていたらく。

それこそしたい放題である。

勝倉太次郎助が、一人しかいない居住者に安堵したのも当然であった。

「…………」

気を少し緩めた勝倉太次郎助が、中野邸から大伍の屋敷の様子を窺った。

「……気配は一人か」

勝倉太次郎助が呟いた。

「射貫だと助かるが……」

どこにいるかわからない者を探して、討ち果たすのは面倒であった。屋敷にいるとわかっていれば、砂川三郎四郎と二人で十分に仕留められる。

「……違う。女だ」

閉められていた雨戸が開けられ、若い女が姿を見せた。

「妻女か。婚姻しているとは知らなかったぞ」

勝倉太次郎助が苦い顔をした。

大伍の身上書はすでに見ている。そこに妻女はもとより、姉妹などの記載はなかった。

「奉公人には見えぬ」

雇っている女中かと思ったが、どう見てもそうは見えなかった。主がいないにもかかわらず、楽しそうに家事をこなしている様子は、一季半季で雇われる奉公人の態度とは思えない。

「いきなりの齟齬《そご》か」

勝倉太次郎助が焦った。

すべての手配りをすませないと謀殺というのは成功しない。なにせ大伍を討ち果たせればいいというものではないのだ。確実に止《とど》めを刺すのはもちろん、誰がやったかの証を遺《のこ》すことなく、無事に二人とも逃げて初めて完遂する。

「いい女だろう」

「なっ」

背後からいきなり声をかけられた勝倉太次郎助が跳びあがった。振り向いた先、わずか二間《けん》（約三・六メートル）ほどのところに、この屋の主中野一右衛門がのっそりと立っていた。

「気配なぞなかった……」

勝倉太次郎助が相手の実力が上だと理解して震えあがった。

「断りもなしに他人《ひと》さまの家に入りこんでなにを言っている」

中野一右衛門が苦笑した。

「徒目付であろう」

「なっ」

当てられた勝倉太次郎助が息を呑んだ。

「おのれは……」

勝倉太次郎助が太刀の柄《つか》に手をかけた。

「鯉口《こいぐち》を切るなよ。切れば敵対と取るぞ」

中野一右衛門が目つきを変えた。

「な、なにものだ」

「それも調べずに入りこんだのか」

構えた勝倉太次郎助に中野一右衛門があきれた。

「……お役目じゃ」

勝倉太次郎助が役目だと言い返した。

「射貫家を探れと言われたか、目付伊藤刑部右衛門どのに」

「……それをどこで知った」

目付の指図は密でなければならない。笑う中野一右衛門に勝倉太次郎助が殺気を放った。

「吾のところに徒目付が七日前に訪れて、聞き合わせをしていったのよ」

中野一右衛門が平然と答えた。

「それでもお目付さまの名前までは……」

聞き合わせに来た徒目付も、絶対に上役の名前を口にはしない。

「もと徒目付じゃ、拙者もな」

「おぬしも徒目付だったのか。それでも刑部右衛門さまの名前までは知るまい」

明かした中野一右衛門に、勝倉太次郎助が一層の警戒を見せた。

「わからぬか」

にやりと中野一右衛門が嗤った。

「…………」

勝倉太次郎助が考えこんだ。

「まさか……」

「なにがまさかだ。目の前におるだろう」

顔色を変えた勝倉太次郎助に中野一右衛門が返した。

「お城下目付……」

勝倉太次郎助が愕然とした。

二

中野一右衛門と勝倉太次郎助の遣り取りは、大伍の屋敷に近い庭でおこなわれていた。

「……殺気」

はたきで埃を落としていた佐久良が、勝倉太次郎助が漏らした殺気に気づいた。

「中野さまのお屋敷から」

佐久良がはたきを手にしたまま、足袋裸足で庭に降りて、中野一右衛門の屋敷との境目の塀に張り付いた。

「お城下目付がいるなど……」

「知らされていないということは、そなたまだ徒目付になって浅いな」

中野一右衛門が唖然としたままの勝倉太次郎助に問うた。

「八年になる。決して浅くはない」

勝倉太次郎助が胸を張った。

「八年など子供と同じよ。まだ元服さえしておらぬも同然」

中野一右衛門が首を左右に振った。

徒目付は御家人の番方が務める役目である。定員は五十名内外、隠密をこなせる者、目付に気に入られた者などは二十年から三十年その任に就く。

さほどの才もなく、目付からとくに声をかけられたりしなければ、数年から十年でお役御免になる。

どちらにせよ、出世とは縁遠いのが徒目付であった。

ただ、そのなかに一つ異色の役目が合った。お城下目付であった。

お城下目付は表向きは、徒目付で二十年以上勤めあげた者の隠居役で、持ち高勤め合力米五人扶持という細々としたものであった。

また、お城下目付は表だって公式に任じられることはなかった。これはお城下目付成立の起源が原因であった。

もともとお城下目付などなかった。江戸城下は町屋は町奉行所、寺社は寺社奉行、そしてそれ以外の武家地は目付の監察下にあった。

「庭之者《にわのもの》に江戸向御用を任ず」

八代将軍となった吉宗は、紀伊徳川家当主であったころの腹心を江戸へ伴い、隠密として使った。

これを庭之者と呼び、大きく分けて三つの役目を担った。

一つ目は隠密本来の役目、遠国御用であった。字の通り江戸から離れた大名領地を探索し、その結果を将軍へと報告する。

次が将軍の陰警固であった。腕利きの庭之者が天井裏や武者溜まり、床下に控え侵入者や将軍の命を狙う者を防ぐ。

最後が江戸向御用であった。

「膝元がおろそかでは、天下の政などできぬ」

将軍になってしばらく経ったころ、吉宗は庭之者あらためお庭番に新たな役目を課した。

これが目付にとって痛手となった。

吉宗はお庭番に江戸の城下の監察を命じたのであった。

そもそも吉宗は目付を信じていなかった。いや、旗本を信じていなかった。

「幕府を支えるべき旗本が乱れている」

吉宗は幕府を改革しようと意気込んでいた。

「目付が邪魔である」

大名、旗本、役人を監察する目付は、その役責上将軍と直接面談ができる。

「しばし待て」

「お目にかからぬと仰せである」

老中や役人たちとの間に入り、吉宗の執務を支えることを目的に新設した御側御用取次でさえ、目付にかんしてはなにもできない。

それこそ吉宗に反対する老中を一年留めることはできても、家康の作った殿中の決まりで直接目通りできる目付だけは止められなかった。

「公方さまにお話を」

「お目通りを願う」

目付はいつでも吉宗に面会を強要でき、それに応じなければならない。となると吉宗の執務に差し障りがでてくる。

「わざとか」

それが繰り返されれば、吉宗も気づく。

目付たちは吉宗の幕政改革に反対しているのだ。

「前例が」

目付は法度に従って監察をおこなう。つまり法度が変化しては、監察の役目も変わってしまう。それを目付は嫌っていた。

「ならば……」

吉宗は目付の改革にも乗り出した。

「定員を十人とする」

吉宗が決めるまで、目付の人数はかなりあいまいであった。二十人のときもあれば、七人のこともあった、

「十人いれば足りよう」

監察の役目が多ければ、粗探しが激しくなる。

吉宗は目付の数を一定とし、多くのことを扱えないようにした。

「お城下のことについて上申を」

「江戸の城下のことはわかっておる」

時間を奪いに来た目付をあしらうために、吉宗はお庭番に江戸向御用を命じた。

「たかが隠密ていどに……」

「躬の腹心に問題があると申すか」

江戸向御用を潰そうとした目付は吉宗の怒りに触れ、引くしかない。なにせ、相手は将軍で、家臣をどのようにしようとも思うがままである。

結果、江戸向御用がお庭番に命じられた。

「我らが役儀に……」

目付でなくとも己の役目の範疇に手出しされることを役人は、すんなりと受け入れはしない。

役人のなかでも矜持の高さで知られる目付が、これに我慢できるはずもなく対抗策を打った。

これがお城下目付であった。

「金をどうする」

目付もそこはわかっている。部下を使うには利がいる。それが先の出世であろうが、今の金であろうが、餌なしでは馬さえ動かない。

「別段、武を振わずともよかろう」

調べるだけなら、剣も槍も不要であった。

「ゆえに無給で……」

「ならば、まず貴殿が見本にならねばなるまい。たしか、本禄は八百石でござったな。目付の役高に不足する二百石を足されているの。それを返納いたせ。まず、上役が範を垂れてこそ、部下は付いてくる」

徒目付に負担を押しつけようとした目付に同僚が言った。

「…………」

まさに正論であった。無給を言い出した目付は黙りこんだ。

「とはいえ、金が要る」

説教をした目付が、首を横に振った。

「何人くらいのつもりだ」

別の目付がまず予算を組もうと言い出した。

「どのくらいやればいいかもある」

「たしかに」

目付たちが鳩首《きゅうしゅ》した。

「徒目付の巡回と重ねてはいかがか」

負担を押しつけようとした目付が、妙案だろうと声を出した。

徒目付は目付の下働きだけでなく、城下の巡回もおこなう。そのときに不穏な様子を探らせればいい。それこそ手当も金も不要であった。

「それで他人が動くか」

「徒目付どもは、我らの指図に従うもの」

あきれて説教した目付に、押しつけようとした目付が胸を張った。

「役を兼じるのは、どうしても気が散るな」

「うむ」

「手を抜くと申すか」

相手にされなくなった押しつけようとした目付が怒った。

「では、訊くぞ。追わねばならぬものを巡回中に見つけた徒目付の目の前で城下の不穏があったとき、どうする」

「当然、捕縛した後その不穏を収める」

「どちらかに重点を置かねばならぬときは」

「両方こなすべきだ」

「不穏が火付けであった場合、火を消すのが第一になると思うが、そのときは追っている者を見逃さねばなるまい」

江戸は火事をもっとも怖れていた。

過去、四代将軍家綱のとき、江戸城の天守閣を含めて城下のほとんどが灰燼《かいじん》に帰し、十万人の被害を出した記憶が、幕府を縛っている。

「火事だけは防げ」

幕府が火除地《ひよけち》を造り、定火消《じょうびけし》、大名火消を整備しているのも火事への備えであった。

その火事の大きな原因である火付けを、徒目付が後回しになどできるはずはなかった。

「……それは近隣に声をかけ、火への対応をさせて、徒目付どもは追跡を続行……」

「本気で言っておるのか」

反論しようとした負担を強《し》いようとした目付に、説教をした目付が大きく嘆息した。

「火事場見廻りは目付の任である」

幕府は鎮火後火事の原因を追及するために、目付を派遣して探らせた。

その目付の配下たる徒目付が、火事の鎮火を確認せず現場を離れるなど許される行為ではなかった。

「…………」

負担を強いようとした目付が口をつぐんだ。

「別役とすべきだが、あらたにお城下目付を設けたいなどと今言い出せば、公方さまへの対抗心と取られるな」

新役の設立の手順は、きちんと書類を整えて、奥右筆に提出、そこで齟齬がなければ書付は下の御用部屋に通って若年寄の審査を受け、許可が出れば上の御用部屋で老中の審査を受ける。この手順を踏めば、お城下目付の設立は認められ、禄なり手当なりが勘定方から出る。

しかし、これは最終的な判断として将軍の手を通ることになり、目付たちの思惑が吉宗に知られてしまう。

「目付だけに従う者でなければならぬ」

正式な役目となると上司が、目付になるとは限らない。

「密《ひそ》かにせねばならぬの」

別の目付も賛同した。

「徒目付のなかから選ぶか」

「それならば長く我らの下にあってお役に尽くした者を使ってやるべきであろう。隠居した徒目付は金に困ると聞いた」

「ふむ。それがよいか。どのくらい出せばいい」

「その前に我らがどれだけ出せるかじゃ。儂は一人当たり一人扶持でよいのではないかと考える」

目付十人で一人扶持ずつ出せば、十人扶持になる。

「一人扶持ならば、米にして五石か。堪《こた》えぬの」

「では、それでよいな」

説教をした目付が意見をまとめた。

「やむを得ぬ」

十人中九人が賛同したとあっては、一人の反対など通るはずもない。ここでまだ反論すれば、己の地位も危なくなる。

なにせ目付は目付をも監察する。九人の目付を敵に回せば、とてもやっていけなかった。

「では、管轄が広い順に五人扶持一人、三人扶持一人、二人扶持一人でよいな」

一人扶持は一日玄米五合を現物支給される。隠居しても辞任しても何一つない徒目付にとって、この隠し扶持は大きい。

「お指図の通りに」

しかも公式な役目ではなく、目付たちによって扶持が支払われる、いわば闇の役目である。

「もうよいわ」

目付に嫌われれば、即座に役目を失う。

当然、お城下目付は目付の走狗となる。

中野一右衛門もその一人であった。

「これは失礼をいたしましてござる」

勝倉太次郎助が中野一右衛門へ頭を下げた。

「隣か」

「いかにも」

「任の内容は訊かぬ」

徒目付の仕事は大っぴらにできない場合が多い。

「かたじけなし」

勝倉太次郎助が、中野一右衛門の気遣いに一礼した。

「お伺いをいたしても」

「射貫のことか」

「さようでござる」

確認した中野一右衛門に勝倉太次郎助が首肯した。

「話せる限りはあるぞ」

「できるだけで結構でござる」

勝倉太次郎助が首を上下に振った。

「射貫の出自などは、そちらのほうが詳しいだろう」

「届け出たものが正しければ」

中野一右衛門の言葉に、右筆の記録すべては信用できないと勝倉太次郎助が述べた。

「女の話などなかったと存ずるが」

勝倉太次郎助が佐久良のことを問うた。

「ああ、あの娘御か」

「どこの娘でございましょう」

うなずいた中野一右衛門に勝倉太次郎助が訊いた。

「黒鍬者じゃ」

「……黒鍬。ものの数にも入らぬあの小者以下の娘に、あれだけの……」

「美形であろう。儂も初めて会ったときは、息を呑んだわ」

驚く勝倉太次郎助に、中野一右衛門が笑った。

「あの娘は……」

「射貫の許嫁らしい」

「許嫁……」

勝倉太次郎助が目を大きくした。

「知っての通り、射貫は先日まで小人目付であった。小人目付は黒鍬者とほとんど変わらぬ小者。そのときに付き合いがあったのだろうな」

「なるほど」

教えられた勝倉太次郎助が納得した。

「で射貫は屋敷に……」

「おらぬようじゃな。三日ほど前に旅立ったようだ」

勝倉太次郎助の言葉に中野一右衛門が首を左右に振った。

「旅立った……御家人が」

旗本も御家人も屋敷を空けることが許されていなかった。ごく稀《まれ》に領地検分、転地療養などが認められれば屋敷を離れられるが、そう簡単に許可は出なかった。とくに領地を与えられていない御家人はまず無理であった。勝倉太次郎助が驚愕したのも当たり前のことであった。

「武芸修行だそうだ」

「……いまどきに」

名目を告げた中野一右衛門に、勝倉太次郎助が息を呑んだ。

「いまどきとはいえ、名目としてはあり得るぞ」

「理由はあるか。どこへ行ったかは」

勝倉太次郎助が尋ねた。

「そこまでは知らぬ」

そもそも中野一右衛門はお城下目付である。徒目付が命じられて大伍を見張るのとは話が違った。

「どこへ行ったかがわからぬとあれば……」

「訊いてみるか」

「へっ」

中野一右衛門の発言に、勝倉太次郎助が間抜けな声を出した。

「佐久良どの、ご主人はどこへ参られた」

塀越しに中野一右衛門が声をかけた。

貧乏御家人屋敷の塀は、焼き板を連ねただけのもので音はよく通った。

「それをお訊きになりまするか」

佐久良があきれた。

「な、なっ」

すぐ近くに佐久良が潜んでいたと思っていなかった勝倉太次郎助が絶句した。

三

塀越しに佐久良は舌を出していた。

「見つかりましたか」

佐久良は声をかけた中野一右衛門に驚いていた。

「忍ぶにはいささか派手な装いではないか。ところで射貫どのはどこへ行かれた。許嫁ならばご存じのはず」

中野一右衛門が言った。

「はあ」

痛いところを突かれた佐久良がため息を吐いた。

「いかがかの」

「たしかに留守を預かる者として、どこへ出られたかは聞いておりますが、なにぶんにも剣術修行でございますれば、正確に今どこにおるかまではわかりかねまする」

そう言われてはこう答えるしかない。佐久良が述べた。

剣術修行は、遠方の道場などに稽古見学や稽古試合を申しこんだりする。

「なかなかにお見事な」

結果、道場主に気に入られて逗留《とうりゅう》したり、

「知り合いがどこそこで道場をいたしておりますれば、そちらを紹介いたしますゆえ一手ご指南を」

近隣の道場で稽古を付けたりする。

それこそ、今どこにいるか、いつ帰ってくるかはわからないのが剣術修行であった。

「どこかの」

あらためて中野一右衛門が尋ねてきた。

「常陸国へ参ると」

偽りなく佐久良が告げた。

「……………」

勝倉太次郎助が声を出さぬようにしながら目を剝《む》いた。

「それは近いな」

「いきなり九州や上方などへいくというのは、いささか難しゅうございましょう」

なにげなく漏らした中野一石衛門に佐久良が苦笑した。

江戸から離れるほど、剣術修行は金がかかる。五十俵やそこらの御家人には、遠方へ行くだけの余裕はなかった。

「そうだな。いや、邪魔をした」

中野一石衛門が佐久良との話を終わらせようとした。

「後日、主人が戻りましたとき、ご挨拶に参ります」

佐久良が大伍の行き先を問うた理由について話をしてもらうと条件を付けた。

「……わかった」

苦く頰をゆがめた中野一石衛門が承知した。

「……………」

しばらくして、

「行ったか」

勝倉太次郎助がようやく口を開いた。

「うむ」

中野一右衛門がうなずいた。

「聞かれたと思うか」

「しっかりとな」

訊いた勝倉太次郎助に、中野一右衛門が強く言った。

「しくじったの」

「……まだじゃ」

中野一右衛門に勝倉太次郎助が否定した。

「助力、感謝する」

勝倉太次郎助が慌ただしく去っていった。

「…………」

その背中を中野一右衛門が見送った。

「ろくなことになりそうにないわ」

中野一右衛門が佐久良の言葉を思い出して、ため息を漏らした。

勝倉太次郎助とは別に大伍の過去を調べていた砂川三郎四郎は、黒鍬者の組長屋を窺っていた。

「……外から見ているだけではわからぬな」

黒鍬者や小人目付の組長屋は、御家人や旗本の屋敷と違って、人の出入りが多い。それを見ているだけでは、大伍のことを知ることはできない。

「訊くか」

徒目付にとって小人目付も黒鍬者も同じ目付の配下、いわば下僚であった。

「お目付さまのお指図と言えば、従おう」

砂川三郎四郎が決断した。

「そこな者、ちと参れ」

看袢と呼ばれる羽織を羽織っている黒鍬者を砂川三郎四郎が手招きした。

「……なにか」

呼びつけられた黒鍬者が警戒しながら、近づいた。

「拙者はお目付のお指図で探索をしている徒目付である」

名を名乗らず、役儀上で声をかけたと砂川三郎四郎が告げた。

「徒目付さまで」

黒鍬者にとって、徒目付は武士身分の上役になる。

「御用はなんでござろうか」

目付や徒目付は、その役目のために名前を隠すことがままある。黒鍬者は不思議がらずに応じた。

「射貫大伍を知っているか」

砂川三郎四郎が率直に質問を始めた。

「御家人へと身上げなされた射貫さまでござるか」

滅多にない格式が上がるという出世だけに、大伍のことはよく知られていた。

「話をしたことは」

「ございませぬ」

名前や顔は知っていても、親しいとは限らない。

「誰か射貫のことをよく知る者はおらぬか」

「小人目付の方に訊かれてはいかがで」

砂川三郎四郎の質問に黒鍬者が答えた。

「黒鍬者がよいのだが」

困惑した顔で砂川三郎四郎が首を横に振った。

小人目付ならば徒目付の指示にも従うが、砂川三郎四郎の訪れや尋ねたことなどを、今現在指図を受けている徒目付や目付に話しかねなかった。

「決して他の目付に知られるな」

この任を受けるときに、砂川三郎四郎と勝倉太次郎助は目付伊藤刑部右衛門から、強く念を押されている。

小人目付は使うことができなかった。

それに比して黒鍬者は、目付の配下とはいえ役目柄特定の者との上下関係はできなかった。

黒鍬者は江戸の辻の管理、大奥への水や大きな家具などの物品の搬入を役目としており、まず目付の手柄に結びつくことなどなかった。

「……ならば親しい者を呼んで参りましょうか」

二の足を踏んでいる砂川三郎四郎に黒鍬者が提案した。

「それがよい」

「では、二番組組頭の森藤どのならば、深い付き合いをなさっておられまする」

うなずいた砂川三郎四郎から黒鍬者が背を向けようとした。

「ま、待て」

すぐに呼びにいこうとする黒鍬者を砂川三郎四郎が止めた。

「いかがなさいました」

止められてたたらを踏んだ黒鍬者が困惑した。

「親しすぎても困る」

「ああ……」

砂川三郎四郎に言われた黒鍬者が今一度振り向いた。

「よいことしか申しませぬな」

黒鍬者が手を打った。

聞き合わせというのは、よいことだけでなく悪いことも知らなければならない。知り合いだからとべた褒めされては、聖人君子でございましたと目付へ報告しなければならなくなってしまう。

「となると……」

森藤が駄目ならばと、黒鍬者が別候補をと思案を始めた。

「あやつは……いや、あやつでは碌でもないことしか言うまい」

思いついた黒鍬者が、己で否定した。

「どのような者か」

「とても徒目付さまにご紹介できるような者ではございませぬ」

「かまわぬ。そやつを連れて参れ」

手を振る黒鍬者に砂川三郎四郎が命じた。

「本当によろしいのでございますな」

「くどい」

まだ渋る黒鍬者を砂川三郎四郎が怒鳴った。

「どうなっても存じませぬ」

ため息を吐きながら黒鍬者が組長屋へと入っていった。

「黒鍬ごとき、どれほどのことがあろう」

砂川三郎四郎が吐き捨てた。

目付は黒鍬者を馬とたとえていた。

「文句を言わずに働く」

人として認めておらず、雑用をこなす牛馬だと公言している。

「なるほど」

徒目付もその影響を受けている。

砂川三郎四郎にしてみれば、黒鍬者は言われたとおりにするだけの人形のようなものであった。

「……徒目付さまで」

しばらくして若い黒鍬者が組長屋を出て、近づいてきた。

「いかにも。そなたが射貫のことに詳しい者であるな」

「黒鍬者三番組鈴川武次郎でございまする」

鈴川武次郎が一礼して名乗った。

「射貫さまのことはよく存じておりまする」

いつもならば敬称など付けない。しかし、砂川三郎四郎の目的がわからない今、黒鍬者が御家人を呼び捨てにはできなかった。

「うむ。結構である」

砂川三郎四郎がうなずいた。

すでに最初の黒鍬者がいなくなっていることなど、砂川三郎四郎の頭から抜けていた。

「話を聞かせよ。射貫とはどのような者だ」

「あるがままにお話をしても」

促した砂川三郎四郎に鈴川武次郎が確かめた。

「もちろんである。何一つ遠慮することはない」

砂川三郎四郎が許可した。

「では、申しあげまする。射貫大伍は卑怯未練で、陰険な男でございまする」

鈴川武次郎が大伍を罵った。

「どのようなことをいたした」

「小人目付の身分を笠に着て、黒鍬者の娘を手籠《てご》めにして……」

「……小人目付が無体《むたい》を働いたと」

最下級の監察役でも法度を犯してはならない。もし、それが真実であれば、小人目付だったときの身分に合わせて、大伍は目付から咎められ、切腹ではなく斬首される。

「卑怯未練で陰険……そのような者が、どうして小人目付から御家人になれたのだ」

当然の疑問を砂川三郎四郎が口にした。

「なにか手柄でも立てたのか。いや、それはないな。小人目付の手柄はすべてお目付さまのものになる」

「………」

考えている砂川三郎四郎の邪魔をしないように、鈴川武次郎が無言で待った。

「なにか知っておろう」

「表にできない手柄もございましょう」

「……表にできない手柄……」

砂川三郎四郎がふたたび思案に沈んだ。

# 四

鈴川武次郎を砂川三郎四郎のもとへ案内した黒鍬者は、その足で森藤のもとへと向かった。

「組頭、おられるか」

「あら、美山《みやま》さま」

大伍の屋敷での用をすませた佐久良が出迎えた。

「お父上さまは」

「すぐに」

真顔な美山の様子に佐久良が笑顔をしまった。

「どうした」

佐久良に呼ばれた森藤が応じた。

「おられたか」

「今日は非番だったのでな」

ちょっと安堵した黒鍬者に森藤が答えた。

「どうかしたのか」

森藤が問うた。

「耳に入れておいたほうがいいかと思うてな」

「聞かせてもらおう」

黒鍬者の言葉に、森藤が身構えた。

「じつは……」

最初から黒鍬者が事情を語った。

「徒目付が射貫さまのことを」

森藤が目を細めた。

「鈴川武次郎を紹介しましたが、よろしかったか」

黒鍬者が気にした。

「あやつなら別段問題にならぬ」

「喜んで射貫さまの悪口を聞かせましょう」

父は問題ではないとしたが、娘が表情を曇《くも》らせた。

「悪口がどれほどのものか。証のない悪口雑言《あっこうぞうごん》は、直接聞いた徒目付の気分を害するだろうが、その報告を受ける者にはどうとれるのか」

「……………」

父の言うことに佐久良が困惑した。

「その報告を真に受ける者もいるだろう。だが、そのような素直な者が監察などできると思うか」

「あっ」

佐久良が気づいた。

「そう、ものごとの裏側を見るのが監察よ。あまりな悪口雑言ばかり聞かされてみよ、逆に疑うだろう」

「あの徒目付どのは、選んではいけない相手を選んだ」

黒鍬者が口を開いた。

「よく言う。そやつを徒目付どのに紹介したのは、貴殿であろう」

森藤があきれた。

「拙者はまず森藤どのを紹介したのでござるが……残念ながら近すぎると」

「まあ、近すぎるなんて」

佐久良が黒鍬者の言葉に身をよじって、恥じらった。

「……すまんな、射貫さまのこととなると、腑抜ける」

頭を下げた森藤が嘆息した。

「と、取りあえず、お報せしましたぞ」

黒鍬者が引いた顔で背を向けた。

「助かった」

その背中に森藤が謝礼を投げた。

「お父様」

腑抜けた雰囲気を霧散《むさん》させた佐久良に、森藤が表情を変えた。

「思いあたることがあるのか」

「じつは本日、このようなことが」

佐久良が勝倉太次郎助の話をした。

「ここに来るくらいだから、射貫さまのお屋敷にも人は出ているだろうなと思ってはいたが……」

森藤が首を左右に振った。

「どのような男であったか」

「隠形をかなり使うように見えましてございまする。わたくしは当初気づきませなんだ」

「まさか、屋敷のなかへ侵入を許したわけではなかろうな」

厳しい声で森藤が娘を糾弾した。

「いえ、隣家の塀越しに窺われただけで」

佐久良がそこまではさせていないと言った。

「それでよく気づいたの」

腕利きが隠形を使って塀越しにとなると、なかなか見つけるのは難しい。

「隣家の中野さまが咎められて。それで隠形が乱れまして」

「隠形を見破ったのか、隣家の主は」

森藤が難しい顔をした。

「会ったことがあると申しておったの」

「はい」

佐久良は中野一右衛門に声をかけられたことを父に報告していた。

「年齢はいくつくらいだ」

「たしかなことはわかりませぬが、還暦は過ぎておるかと」

父に訊かれた佐久良が推測を述べた。

「還暦過ぎか……それで徒目付の隠形を見抜く」

「それどころか隠形中の徒目付さまに声をかけるまで、まったく気づかれてはおられなかったように見えました」

悩む森藤に佐久良が付け加えた。

「それは怖るべきだな」

「はい。並の遣い手ではございませぬ」

佐久良もうなずいた。

「調べるぞ」

「はい」

もとが甲州武田家を支えた乱波《らっぱ》であった黒鍬者は伊賀者ほどではないが、今も隠密役を担ってもいる。もっとも目付からはまともに扱われていないので、隠密仕事はほとんどが黒鍬者の独断である。

しかも隠密仕事は、黒鍬者のなかで、譜代組である一番組と二番組が担い、一代限りの三番組、四番組はかかわりがなかった。どころか黒鍬者が隠密であったことさえ知らない。

「できるな」

「お任せを」

目をやった森藤に佐久良が首を縦に振った。

「顔を知っているのはそなただけじゃ。隣家に潜んでいた徒目付のことは任せる」

「聞こえてきた名前は勝倉と申しておりました」

佐久良が思いだした。

「よくぞ聞いていた。かなり探るのが楽になる」

五十名ほどの徒目付がいた。そのすべてを面通ししていては、かなり手間がかかってしまう。

「では、早速に」

佐久良が腰をあげた。

「隣家の中野一右衛門とやらは、儂が探ろう」

　佐久良に、森藤が告げた。


　森藤は看袢の羽織を脱ぐと、その足で一番組組頭のもとを訪れた。組長屋は一番組と二番組がひとかたまりになっており、三番組、四番組からは少し離れていた。

「どうした」

　一番組組頭が不意に訪れた森藤に、怪訝な顔をした。

「少し出る」

「隠密仕事か」

　それで一番組頭は気づいた。

「徒目付が入りこんでいることとかかわりあるのか」

　しっかり一番組組頭は気づいていた。

「ある」

「片付けるか」

「ありがたいが、かえって面倒になる」

砂川三郎四郎を始末するかと尋ねた一番組組頭に、森藤が首を左右に振った。

「目付の指図か」

「先日しくじった伊藤刑部右衛門が、私怨《しえん》で徒目付を動かした」

問うた一番組組頭に、森藤が苦い顔をした。

「目付は蛇だな。頭を潰さぬ限りしつこく絡みついてくる」

一番組組頭も頬をゆがめた。

「しばしの間、二番組を頼む」

隠密は命がけになる。森藤家には嫡男がおり、家督に対してはなんの心配もないが、組頭の任は世襲ではない。

次の組頭が決まるまで二番組はどうしても動きが悪くなってしまう。

「動けぬのならば、代わりをしようではないか」

なんとか譜代になろうとしている三番組や四番組が好機とばかりにしゃしゃり出てくる可能性があった。

それを防ぐために、一番組、二番組の譜代組はなにかと融通しあうのが、慣例であった。

「ではな」

森藤が一番組組頭に後事を託した。


黒鍬者組長屋は、江戸の外れ下谷万年町《したやまんねんちょう》にある。

大伍の屋敷がある深川伊勢﨑町とは少し離れているが、毎朝組長屋から江戸城まで出向いている黒鍬者にとってさほどの距離でもなかった。

「八十石だと佐久良に聞いていたが、とてもそれでは維持できまい」

中野一右衛門の屋敷を外から見て、森藤が首を横に振った。

「これはやはり……お城下目付と考えるべきだな」

一応黒鍬者も目付の配下、お城下目付についての事情もあるていどは知っていた。

「偶然だろうが……お城下目付どのの隣に屋敷を与えられるとは、射貫さまも引きが強いのか、運が悪いのか」

森藤が苦笑を浮かべた。

「……悪いのだろうな。でなければ、このような立身もしておるまい。小人目付のまま、佐久良と夫婦になり、貧しいながらも落ち着いた生涯を過ごせただろうに」

大伍の屋敷を見た森藤が嘆息した。

「まあどちらにせよ、義父になったことだけはまちがいない。娘の婚姻のためじゃ、父親として一働きするとしよう」

森藤は身を隠すことなく、中野一右衛門の屋敷へと歩を進めた。

「御免、中野どのはご在宅か」

臆することなく、森藤が声をかけた。

「……来客だと」

座敷で寝転がっていた中野一右衛門が森藤の呼びかけに身体を起こした。

「予定はなかったはず。金も借りておらぬし……」

深川の御家人宅へ不意に来る客なんぞ、まず借金取りしかいない。

「お留守か」

もう一度森藤の呼びかけが聞こえた。

「商人の口調ではないな。誰だ」

中野一右衛門が一層首をかしげた。

「出てみればわかるか」

座敷にいては、誰が何の用できたかなどわかるはずもなかった。

着流しのまま中野一右衛門が座敷を出た。

「当家に御用か」

門のなかから中野一右衛門が確かめた。

「中野一右衛門さまのお屋敷であれば、まちがいござらぬ」

森藤が告げた。

「中野は拙者でござるが、どなたかの」

「黒鍬者二番組組頭の森藤左内《さない》と申す」

認めた中野一右衛門に森藤が名乗った。

「……黒鍬者」

中野一右衛門が一層怪訝な顔をした。

「隣に来ている娘の父と言えば、おわかりいただけようか」

森藤がわかりやすく説明した。

「ああ、あの娘御の」

ようやく中野一右衛門が思いいたった。

「今、開けましょうぞ」

「かたじけのうござる」

閂《かんぬき》を外し始めた中野に森藤が礼を述べた。

本来黒鍬者は譜代組といえども武士ではない。御家人の屋敷を訪れても潜り門で出入りするのが慣例であり、わざわざ表戸を開けてもらうことはなかった。

「お待たせをいたした。隣家射貫どのがご縁者どの」

門が開いた。中野一右衛門は森藤を黒鍬者ではなく、大伍の舅《しゅうと》として扱ったのである。

「お気遣い感謝いたしまする」

森藤がもう一度謝意を述べた。

「表で話もできますまい。客間と呼べるところはござらぬが、こちらへ」

中野一右衛門が森藤を屋敷内へと案内した。

「……あらためまして、黒鍬者二番組組頭森藤左内でございまする。本日は不意にお訪ねいたし、ご無礼を仕りました」

「小普請組中野一右衛門でござる」

二人が主客の座で頭を下げ合った。

「早速ではござるが、ご用件は先日の不審者のことでございましょうか」

勝倉太次郎助を不審者として扱うことで、中野一右衛門は己との関係を否定しようとした。

「そのような者は、どうでもよろしゅうございまする」

森藤は勝倉太次郎助のことではないと言った。

「娘御のご様子を窺っていたものでございますぞ」

嫁入り前の、それも他家への輿入《こしい》れが決まっている娘に、得体の知れない男が興味を持った。普通の親ならば、それこそ押っ取り刀で中野屋敷へ押しかけてくる。それを森藤は平然と流した。

「かかわりはないとはいえ、屋敷の主として苦情の一つも言われてしかるべきだと思っておりましたが」

「かかわりないのでございましょう」

懸念していたと言った中野一右衛門に、森藤が笑いを浮かべた。

「そやつが大川に浮かんでも、永遠に姿を消したとしても、中野さまは線香の一つでもあげるおつもりは」

「……ござらぬ」

殺すと口にした森藤に、中野一右衛門が一瞬息を吞んだ。

「ならばお気になさらずともよろしゅうございましょう」

「たしかにそうだな」

中野一右衛門が森藤の意見を受け入れた。

「で、抗議でなくば、なんのために拙者のもとにお出《い》でなされた」

「お役目についてでございまする」

疑問を口にした中野一右衛門に森藤が述べた。

「お役目……とうに隠居した身でござる。などという偽りは通りそうにござらぬな」

「はい。お城下目付どの」

嘆息した中野一右衛門に森藤が首肯した。

「言葉を崩させてもらうぞ」

「はい」

堅苦しい言葉遣いはここまでだと中野一右衛門が言い。森藤が認めた。

「さすがは黒鍬の譜代だな。お城下目付けのことを知っていたか」

「詳細までは知りませぬが」

森藤が答えた。

「目付の甘さだな」

「ふふふ」

もう一度ため息を漏らした中野一右衛門に、森藤が笑った。

「目付は小人目付や黒鍬者らを人としてみていない。犬か馬扱いする。ゆえに秘密を容易に聞かせる。馬や犬ならどんな話をしようとも、外へ漏れることはないからの」

中野一右衛門が首を横に振った。

「外へは漏らしませぬよ。譜代組の間で共有するだけでござる」

森藤が淡々と言った。

「で、拙者をお城下目付と知ってなにをさせたい」

「まずなぜお城下目付さまが、お役目とは違う射貫さまの見張りをなされたか」

問うた中野一右衛門に森藤が訊いた。

「目付に命じられたからよ」

「……目付と言うと」

吐き捨てそうに口にした中野一右衛門に、森藤が尋ねた。

「伊藤刑部右衛門……さま」

心底嫌そうに中野一右衛門が口にした。

「お城下目付と言う役目は、江戸の城下を探るのがお役目。盗賊は出ていないか、火付けの被害はないかなど、町の平穏を見張るだけではなく、米一升がいくらで遣り取りされているか、どこの町内の医者の腕がいいかまで、ありとあらゆることを見て回る」

「なるほど。つまりは見聞したことを精査し、目付さまに報告をあげるのが、お城下目付の役目だと」

「そうよ。他にすることはない。ただ、耳にしたことを確かめる。なにも噂がなければ、一日居宅で転がっている」

理解した森藤に、中野一右衛門が首肯した。

「とはいえ、噂が入れば出歩かねばならぬ。それを伊藤刑部右衛門……は隣家を見張れと言い、外出を禁じた」

とうとう中野一右衛門はためらった後とはいえ、伊藤刑部右衛門に敬称を付けなくなった。

「お城下目付の役目ができぬと」

「ああ」

確かめるような森藤に中野一右衛門がうなずいた。

「先日の勝倉太次郎助は、目付の指図で来たのでござろうか」

森藤も目付からさまを取った。

「いや、どうやら違ったようだ」

中野一右衛門が首を左右に振った。

「違った……」

森藤が首をかしげた。

「いつものことだ。目付は己がすべてを知っていればいいと考えている。配下たちが調べたことを共有しようとするのを嫌う」

「手足に頭は不要と」

森藤があきれた。

「目付だけがすべてを知っており、徒目付などの配下は、その命に従って動けばいい。そう思いこんでいるから、同じようなことを何人もが調べるという無駄を生んでいる」

「では勝倉太次郎助は、まったく別件で来たと」

「おそらくだがな。明日か明後日に伊藤刑部右衛門から射貫どののことを調べろと命じられた徒目付が、儂のところに来たらわかる」

勝倉太次郎助らがしっかりと大伍のことを共有していれば、そもそも中野一右衛門の屋敷に忍びこむことはないし、見張っていろと中野一右衛門に伊藤刑部右衛門の命を伝えた徒目付が来ることはなかった。

「見張りではなく、様子を窺う。なんのためだと」

「あの勝倉太次郎助という徒目付は、隠形と武芸に通じているようであった」

怪訝な顔をした森藤に、中野一右衛門が伝えた。

「伊藤刑部右衛門に恥を掻かせたのだろう。射貫どのは」

「そう聞いている」

中野一右衛門に訊かれた森藤が首を縦に振った。

「射貫どのがどこへ行ったのかをずいぶんと気にしていたぞ、あやつは」

「…………」

言われた森藤が黙った。

# 第五章　紡がれる糸

## 一

常陸国の大名たちを大伍は調べ終わった。

といったところで、半数は参勤交代で江戸表にいるため、直接見聞はできず、城下での評判を聞くだけしかできなかった。

「甲乙付けがたいな」

大伍は評価に苦しんでいた。

「公方さまのお目に留まりそうなのは……」

懐から出した備忘録に、大伍は目を落とした。

「笠間《かさま》藩主の牧野《まきの》備後守《びんごのかみ》は老中である」

さすがに老中を今更将軍の腹心とするわけにはいかない。

「土浦藩、土屋健次郎泰直《けんじろうやすなお》は兄の急死で家督を継いだばかり、まだ任官も受けていない。人柄はまじめで好ましいが、藩が貧しい。なにより本人も蒲柳の質であり、あまり丈夫とは言えぬ」

土浦藩は譜代の越後長岡藩牧野家の分家である。本家が上杉《うえすぎ》や南部《なんぶ》、津軽《つがる》などの東北外様雄藩を見張るために、物成のいい日向《ひゅうが》から転じられたという経緯もあり、譜代としての気概は強い。

「あえて水戸に引けを取らず」

仙台藩伊達家への抑えである水戸徳川への反発が強く、武に励み、西の柳川《やながわ》、東の笠間と讃えられている。そのため、領内の新田開発などに専心せず、実高と表高の差が少なく、藩政は厳しい。

「牛久《うしく》藩山口中之進弘到《なかのしんひろむね》も幼い。七歳か八歳、どちらにせよ十歳に満ちておらずお目通りも任官もしていない。もちろん、藩政を差配などできぬ。幸い、重臣たちがうまく支えているようだが」

どのような人物かはまったくわからない。幼いため、江戸に在府しており、国元へ入ってはいないため、評判もなかった。

「最後が下妻藩だが、ここはどうしようもないなあ」

大伍が嘆息した。

「当主が本家から分家へ養子に来たからだろうが、藩政にはかかわらせてもらえていない。すでに三十歳を超えているというのにだ」

小さく大伍が首を横に振った。

「まあ、探索としては十分だな」

大伍は常陸国での任を終える気になった。

「一度江戸へ帰ろう」

旅というのはいろいろと興味のあるものと触れあえるが、やはり自宅と違って気を緩めることはできず、かなり疲れる。

「いずれ薩摩とか、津軽などへも行かねばならぬのだろうが……」

今は側近探しを優先しているが、家斉の思いは全国津々浦々の大名を知りたいというものである。遠いからなしにしてくれとはいえなかった。

「代わりをしてくれる者が真剣に欲しいわ」

備忘録を懐へ厳重に仕舞いこんだ大伍が、江戸へと足を向けた。

待ち伏せをする。

これは確実に相手を仕留めるためのものであった。

「千住《せんじゅ》を出たところでどうだ」

勝倉太次郎助が砂川三郎四郎に提案した。

「千住は四宿の一つ。旅人が引きも切らぬ。他人目《ひとめ》が多すぎるのではないか」

砂川三郎四郎が二の足を踏んだ。

「江戸へ入れてしまうのはまずかろう」

「それはたしかだが……」

勝倉太次郎助の懸念に、砂川三郎四郎も不承不承ながら同意した。

「もう少し離れたところではいかぬか」

砂川三郎四郎が目立たぬ方がよいと提案した。

「あまり離れると、射貫を捉えにくくなる。かならずそこを通るとは限らぬだろう」

「それを言えば、追われていると考えているなら千住など他人目に付きやすいところを通るか」

こちらの都合に合わせるとは決まっていないと砂川三郎四郎が否定した。

「むう」

まさに正論である。勝倉太次郎助がうなった。

「のう、勝倉」

「なんだ、砂川」

真顔になった砂川三郎四郎に、勝倉太次郎助も表情を引き締めた。

「お目付さまは、いつまでに片付けろと仰せだったか」

「……早急にとは言われていたが、期限はなかったと思う」

確認した砂川三郎四郎に、勝倉太次郎助が応じた。

「ならばだ、今回どうしても仕留められなくても……」

「叱られるぞ」

目付は矜持が高く、思うがままにならないことがあると容易に暴発する。

「叱られるだけだ」

「……罰は与えられぬか」

「期限を切り忘れたのは、お目付さまだからな」

砂川三郎四郎が笑った。

「だが、次はないぞ」

今回の失敗を伊藤刑部右衛門が学ばないはずはなかった。

「一度だけでも延びるのだ。よいではないか」

「……ふむ」

笑っている砂川三郎四郎に、勝倉太次郎助が思案した。

「もちろん、手を抜くとか、いつまでも果たさぬわけではない」

しっかりと仕事はすると砂川三郎四郎が述べた。

「どういうことだ」

ごまかすつもりはないと言った砂川三郎四郎に、勝倉太次郎助が首をかしげた。

「期限に余裕ができれば、博打を一度打てるということだ」

「……博打を打つ」

勝倉太次郎助が困惑した。

「千住より北で待ち伏せる」

「なるほど。たしかに博打だ」

砂川三郎四郎の言葉に勝倉太次郎助が手を打った。

「もし入れ違いとなっても、お目付さまへの言いわけはできるし、もし射貫が来れば、二人で不意を討てる」

「どうだ」

乗らないかと砂川三郎四郎が誘った。

「どちらにせよ、もうおぬしとは同じ船に乗っているのだ。浮くも沈むも一蓮托生、となれば拒む理由はない」

勝倉太次郎助が首を縦に振った。

「では、参ろう」

「ああ」

砂川三郎四郎と勝倉太次郎助が、千住の宿場を出た。

千住の宿場は水戸街道だけでなく、奥州街道、日光街道と江戸とを結ぶ重要な中継ぎの場所であった。

さすがに品川や新宿ほどではないが、一日に行き来する旅人の数は多く、宿場も賑《にぎ》わっている。また、宿場の常である遊郭としての側面もあり、旅ではなく遊ぶために千住まで来る者も少なくはなかった。

「……思ったよりも旅人が少ないの」

水戸街道を少し進んだところで、勝倉太次郎助が怪訝な顔をした。

「時分どきではないか」

旅人は少しでも予定を稼ぎ、無駄な宿泊代金を節約するために、よほどの予定外でもない限り、朝発ち、夕着を旨とする。

つまり、千住の宿場町近くが賑わうのは、早朝あるいは夕刻であった。

「今は昼前……」

砂川三郎四郎の説明を聞いた勝倉太次郎助が理解した。

「今来てくれれば……」

「ありがたいのだがな」

二人が顔を見合わせて苦笑した。

大伍は今日中に深川伊勢﨑町の自邸に帰還するつもりで足を急がせていた。

「あと一つか」

大伍が呟いた。

松戸《まつど》宿を出た大伍は、気を引き締めた。

「無事にすむはずはない」

目付を敵に回している。

「並木の陰か」

小人目付として隠密任務を果たしてきた大伍である。殺気を感じるくらいはできた。

千住まであと一里（約四キロメートル）ほどのところで、大伍はしっかりと気配を感じていた。

「二人……」

「他はいなさそうだな」

刺客というのは、人を殺すのを仕事としている。一人と思わせて二人、二人と見せかけて四人と隠れていることもある。

「隠形しての待ち伏せか。ならば」

大伍はその場で足を止めた。

「………」

そして踵《きびす》を返した。

「あれだろう」

砂川三郎四郎が最初に気づいた。

「上背があり、鼻筋が取っている。耳が大きい。人相書きの通りだ。まちがいなさそうだ」

勝倉太次郎助も確認した。

砂川三郎四郎も勝倉太次郎助も直接大伍を見たことがない。渡された人相書きを頼りにするしかなかった。

「気づかれた……」

足を止めた大伍に、砂川三郎四郎が目を眇《すが》めた。

「我らの隠形を見抜くか」

勝倉太次郎助も眉間にしわを寄せた。

「思ったよりもできる」

隠形を見破られた間合いが想像以上であることに、砂川三郎四郎が驚いた。

「離れていくぞ」

踵を返した大伍に、勝倉太次郎助が慌てた。

「さすがに今回は見逃すわけにはいかぬな」

「ああ」

二人の徒目付が顔を見合わせた。

一度でも顔を見られてしまえば、今後隠形は効きにくくなる。さらに待ち伏せという手段をとってまでも狙っていると知られてしまったのだ。

次回の機会はまずなかった。

少なくとも砂川三郎四郎と勝倉太次郎助は、刺客として外される。

そしてそれは、二人の終わりを示していた。

「追うぞ」

「わかっている。拙者は左だ」

「右は任せろ」

街道の端を二人が走り、大伍を左右から挟み撃ちにすると打ち合わせを素早くすませた。

二

逃げる振りをしながら、大伍は背後の二人の様子を探った。

「足並みが揃っている」

大伍は砂川三郎四郎と勝倉太次郎助の速度が等しいことに気づいた。

多人数で一人を追いかけるときなど、どうしても追いかけてくる速さに差が出る。そしてその差は距離とともに大きくなり、どこかで無視できないものになった。そしてその差は集団の利を失わせ、多数対一が一対一といった状況になり、追われる側に優位を生み出した。

しかし、砂川三郎四郎と勝倉太次郎助の二人は、その愚を犯さなかった。

「……やるな」

二人が息を合わせていることに、大伍が感心した。

「ならば……」

大伍が考えを変えた。

「二対一にさえならねばいい」

どこでもというわけではないが、宿場近くには道教に基づいた民間信仰の小さな庚《こう》申《しん》と呼ばれるお堂があった。

十干《じっかん》十二支を基準として祭事をおこなう習慣があり、およそ六十日ごとに人が寄る。だが、それ以外では堂守が灯明をあげに来るくらいで、昼間はまず人気《ひとけ》がなかった。

そこを大伍は戦いの場として選んだ。

「二人ならばいけよう」

足を緩めると大伍は目に付いた庚申堂に近づき、振り返った。

「庚申堂を背にしたか」

砂川三郎四郎が大伍の意図を読んだ。

「面倒なやつよ」

街道を横切りつつ、勝倉太次郎助が砂川三郎四郎に近づいた。

「挟み撃ちができぬな」

大伍の背中は庚申堂によって守られている。

「なに、前で抑えている間に、庚申堂の屋根にのぼって上から回りこめばいい」

勝倉太次郎助の懸念を、砂川三郎四郎が払拭《ふっしょく》した。

背後を建物に預けるというのには欠点があった。

相手もそうだが、己も後ろを確認できなくなるのだ。結果、いつどこから攻撃を受けるかわからなくなる。もちろん、庚申堂が守ってくれるぶん、攻撃される範囲はせまくなるが、完全に防げるとはいえなかった。

「前を頼めるか」

「受けた」

勝倉太次郎助の言葉に砂川三郎四郎がうなずいた。

「言うまでもないが、斃《たお》してしまってもよいのだろう」

剣に自信のある砂川三郎四郎が胸を張った。

「そのときは、江戸で一杯奢《おご》ろうぞ」

勝倉太次郎助が応じた。

「ならば、参る」

砂川三郎四郎が太刀を抜きながら、足に力を入れた。

「来たな」

さすがに話している内容まではつかめていないが、二人の動きから目を離してはいなかった。

「正面からか」

すでに大伍も迎え撃つ用意はすませている。太刀も抜いているし、たすき掛けもしている。

「数の利を捨てる……気か」

大伍はまっすぐ来る砂川三郎四郎ではなく、勝倉太次郎助に気を向けていた。

「しゃっ」

だが、間合いに踏みこまれれば、砂川三郎四郎へ対峙《たいじ》しなければならなくなる。

「…………」

砂川三郎四郎が太刀を袈裟懸《けさが》けに振ってきたのを、大伍は受け止めた。

背後を庚申堂に預けているだけに、横に動いてかわすのはまずい。二太刀も避《よ》ければ、背中は庚申堂の守りから外れてしまう。

「おうりゃ」

鍔迫《つばぜ》り合いになった砂川三郎四郎が、圧をかけてきた。

「ふん」

大伍はしっかりと刃筋を立てて、これを支えた。刃筋がずれれば、鍔迫り合いで押し負けてしまう。

間合いのない鍔迫り合いは、一瞬の油断で勝負が決する。今も大伍の顔面から五寸（約十五センチメートル）ほどのところに刃《やいば》がある。

「無駄なあがきを……」

砂川三郎四郎が上からかぶせるように、のしかかってきた。

「なんの」

大伍は膝を曲げることなく、我慢をした。腰を落とす、膝を曲げるなど重心を落とすと、圧力に耐えやすくはなるが、咄嗟《とっさ》の動きに遅れが出る。

「しつこい奴め」

砂川三郎四郎がさらに力を込めた。

「……っ」

大伍はその砂川三郎四郎がわずかに目を動かしたことを見逃さなかった。

「死ねっ」

庚申堂の屋根から勝倉太次郎助が大伍めがめて飛びかかってきた。

田舎の庚申堂は小さい。屋根までも三間（約五・四メートル）ほどと低い。慣れていれば足からではなく、頭からでも飛び降りることができた。

「…………」

大伍は両膝の力を抜いて、自ら体勢を崩した。

「えっ……」

鍔迫り合いをしていた砂川三郎四郎が不意のことに勢いあまって、大伍に引きずられるように前のめりになった。

「うわっ」

上から斬りつけようとしていた勝倉太次郎助が、その様子に慌てた。このままでは勝倉太次郎助の一刀は大伍ではなく砂川三郎四郎に刺さる。

「ちっ」

勝倉太次郎助が必死に太刀をずらした。

「甘いわ」

屈《かが》みこんでいた大伍が、左手だけで脇差《わきざし》を抜いて水平に薙《な》いだ。

「ぎゃっ」

空中で姿勢を変えることは難しい。しかも同僚に斬りつけないため、無理に身体をひねっている。どうやってもかわしようがない。

大伍の一撃が勝倉太次郎助の臑《すね》を打った。

利き手でない腕の片手打ちでは、とても骨を断つまではいかないが、臑は人体の急所である。

肉が薄くすぐに骨に当たる。勝倉太次郎助が苦鳴《くめい》をあげて足を抱えて転がった。

「勝倉……こいつ」

無理な体勢転換をした勝倉太次郎助のお陰で、砂川三郎四郎は無事であった。

「許さん」

勝倉太次郎助の被害を見た砂川三郎四郎が大伍を睨んだ。

「怖いことだ」

身体を一回転させて、砂川三郎四郎の間合いから離れた大伍が、肩をすくめた。

「大事ないか」

大伍から目を離すことなく、砂川三郎四郎が勝倉太次郎助に訊いた。

「左足をやられた」

勝倉太次郎助が正直に被害を申告した。

「動けぬか」

「体重をかけられぬ」

確かめた砂川三郎四郎に勝倉太次郎助が述べた。

「……援護を頼む」

砂川三郎四郎が勝倉太次郎助の戦力を理解した。

「任せてくれ」

うなずいた勝倉太次郎助が懐から出したものを大伍が見た。

「手裏剣……」

「やあああ」

準備はととのったと見た砂川三郎四郎が太刀を振るってきた。

「………」

大伍は砂川三郎四郎を見ながら、目の端に勝倉太次郎助をしっかりと入れていた。

「しゃっ」

勝倉太次郎助が手裏剣を投げた。

「ふん」

手裏剣といっても釘を大きくしたような形の棒状のものだ。加工が楽なだけあって量産が利き、手に入れやすい。また刃先が鋭くあるていどの長さと重さがあるため、攻撃力はかなり高い。当たれば腕や足の骨くらい折るし、額や人中《じんちゅう》、胸の中心に喰らえば、命はなくなる。

投擲《とうてき》武器としては侮《あなど》れるものではないが、まっすぐしか飛ばないし、即死級の威力を出せる間合いは少ない。

投げ手の目と手をしっかり見ておけば、どこへ飛んでくるかの対処は容易にできた。

勝倉太次郎助が投げた棒手裏剣を大きく右後ろへ一歩下がってかわした大伍は間合いを大きく取った。

「くそっ、逃げるな」

砂川三郎四郎の一撃は大伍に届かず、空を斬った。

「攻めてくる気はないのか、卑怯者」

太刀を引き戻しながら、砂川三郎四郎が大伍を罵《のの》った。

「二人がかりで待ち伏せしていた者に卑怯と言われる筋合いはないな。鏡を見てから出直せ」

「………」

大伍に言い返された砂川三郎四郎が黙った。

「徒目付にしては、遣えぬなあ」

さらに大伍が煽った。

小人目付をしていた大伍は徒目付と何度も仕事をした。なかには、今のように敵対した者を処分する手伝いをしたこともあった。

目付伊藤刑部右衛門とやりあってから、いつかは徒目付が出てくるだろうと大伍は確信していた。

「同じ走狗の身分だからな、同情はするぞ。あんなのが上司ではたまったものではなかろうからの」

大伍は言葉で、砂川三郎四郎たちの冷静さを奪おうとしていた。

「配下の苦労がわかるのならば、抵抗するな」

勝倉太次郎助が言い返してきた。

「我らが決してあきらめることがないともわかっておろう」

砂川三郎四郎が大伍へと切っ先を向けた。

「あきらめられないのまちがいだろうに」

大伍が嘆息して見せた。

「……………」

的確な追及に、砂川三郎四郎が口をつぐんだ。

「こっちも死んでやるわけにはいかぬのでな。目付ごときではどうにもならない相手が、後ろにおる」

「目付が敵《かな》わぬ相手……老中か御側御用人、御側御用取次」

砂川三郎四郎が大伍の言葉に動かされた。

「なので……」

大伍が背を向けた。

「失礼する」

「あ、待て」

逃げ出した大伍に、砂川三郎四郎がつられて前へ出た。

「砂川っ」

動けない勝倉太次郎助が、砂川三郎四郎へ手を伸ばした。

「……なんだ」

勝倉太次郎助の呼びかけに、砂川三郎四郎が足を止めて振り向いた。

「よし」

背中で気配を探っていた大伍が、好機とばかりに身体全体を翻《ひるがえ》した。

「くおうりゃあ」

かなりの間合いがあったが、それを大伍は一瞬でなくしてみせた。無茶な動きを身体に強いるだけに、戦いの最中にはおこなわない。着地してときに大きな隙が生まれるからであった。

「……なっ」

砂川三郎四郎が大伍の発した気合いに、応じようとした。

「くそっ」

勝倉太次郎助が、手裏剣を大伍目がけて放った。

しかし、すでに跳んでいる大伍のほうが早い。また上下の動きに投擲武器はついていきにくい。

「…………」

手裏剣はむなしく大伍よりも上を過ぎた。

「くらえっ」

大伍が地に落ちるのに合わせて、太刀を叩きつけた。

「……がっ」

防御も間にあわず、真正面から太刀を頭上に撃ちこまれた砂川三郎四郎が、白目を剝いて斃れた。

「砂川……」

同僚の血を浴びた勝倉太次郎助が一瞬呆然となった。

「くうう」

力一杯地に足を打ち付けた大伍が、その反動で呻《うめ》いた。

「このやろう」

勝倉太次郎助が、転びながらも手元から離さなかった太刀を、動けない大伍へ向けて振るった。

「これくらい」

足はしびれていても、両手は自在に動く。

手裏剣を撃つため利き腕ではない方に握っていた太刀を、それも間合いの離れた大伍へ届かせようと精一杯伸ばしての一撃など、軽い。

あっさりと大伍はこれを止めた。

「ちいい」

しっかり握れていなかった太刀を勝倉太次郎助が落とした。

「ええい」

転がった太刀に手を伸ばすことなく、勝倉太次郎助が懐へと手を入れた。

「ちょっと判断が遅かったみたいだな」

足のしびれを克服した大伍が、大股で勝倉太次郎助へ近づいた。

「来るな」

「こっちのせりふだ。吾のことなど放っておけばいいものを」

大伍は勝倉太次郎助の右手を蹴り飛ばし、抵抗を潰した。

「目付が許さぬぞ」

勝倉太次郎助が大伍をにらみながら脅しを言った。

「今度はこちらから攻めるだけよ」

「……なにっ」

大伍の宣言に勝倉太次郎助が目を剝いた。

「命を狙われて、そのままにするわけなど……」

勝倉太次郎助の右手がふたたび動こうと震えた。

「もうちょっと目つきから殺気を消さなければ不意は討てぬぞ」

最後の忠告を大伍が口にしながら、太刀を突き出した。

「ぐっ」

喉を貫かれた勝倉太次郎助が大伍を見た。

「任を果たすためならなんでもする。徒目付の習性など、嫌というほど知っている」

大伍が勝倉太次郎助の目から光が消えるのを待った。

「……命まで目付に捧げなくてもいいだろうに」

大伍が太刀を勝倉太次郎助の喉から抜いた。

三

他人を探る者は探られる。

ただ矜持が高い目付は、己が狙われるとは思ってもいない。

「目付へ刃向かうことは、御上への反逆である」

江戸城中で堂々と放言するくらい、目付は自らを偉いと思いこんでいる。

また目付になる旗本は、頭の回転が速い。たしかにそれだけでもたいしたものだが、逆に言えば経験が足りていない。

なにせ目付になるために何役かを経なければいけないというのがない。

「目付に任じる」

ある日突然、先達になる目付から一本釣りをされるからであった。

「監察は誰にも影響を受けてはならない」

目付は他の役職のように、長く務めたから昇進するものではなく、すべてから独立している。

当然、新任の目付を選ぶのに、老中や若年寄の紐つきを推薦など受け付けては困る。

では、欠員が出たときはどうするかといえば、残った目付たちの推薦で補充をした。

「この三名が目付の推薦を受けた。それぞれふさわしいと思われる者の名前を札に書くように」

当番目付の指図で、目付は推薦された者のなかからふさわしいと思うものを一人書き出す。

「某が六人の推薦を得た。この者でよいかどうかをもう一度問う」

もっとも多くの支持を得た者を残し、もう一度確認をする。

「全員が一致した。よって某を目付とする」

打診もなにもない。ある日突然目付になったと知らされる。

「ありがたいことである」

目付は旗本のなかの旗本、旗本の俊英として尊敬される名誉ある役目である。抜擢された者は無役であろうがなかろうが、喜んで受け入れる。

もちろん役職には格付けというものがあり、小姓組番頭とか、書院番頭とかが目付に任じられることはない。ただ組頭や頭にとって迷惑なのは、目付に選ばれた者はそのまま転じてしまう。これも監察という役目柄が原因だったが、後任だとか引き継ぎだとかがまったく考慮されないのだ。

「次が決まるまで……」

そう申し入れたところで、目付が聞くはずもなかった。なにせ、小姓組番頭であろうが、書院番頭であろうが、目付にとっては監察する対象に過ぎない。

「めでたいの」

目付に選ばれた配下を祝いながら送り出す。

「うむ」

かつての上司にも敬語を使うこともなく、異動していった者がまともな対応をするはずはなかった。

こうして目付は異様な考えかたに染まっていく。

「誰も目付には手出しできない」

幕府の威光を吾がものと思いこむ目付ほど、忍にとって扱いやすいものはなかった。

「笊《ざる》以下ですわね」

伊藤刑部右衛門の屋敷に忍びこんだ佐久良が、口のなかで嘆息した。

「一人や二人、忍への対策ができる者がいるかと思いましたが……」

塀の上から屋敷のなかを見下ろして、佐久良が首を横に振った。

「では遠慮なく」

佐久良が屋敷へ忍びこんだ。

黒鍬者は甲州武田の黒鍬衆、山岳乱波衆の流れを汲《く》む。山のなかに潜むのを得手としているからか、忍装束は黒よりも濃い緑に近い。

闇に潜むのではなく、緑に溶けこむ。夜よりも昼間を活躍の場としていた。

目付は千石、屋敷も千坪に近い。かなり広い庭も付随している。それこそ黒鍬者にとって最高の立地であった。

「……………」

庭のなかを走り、あっさりと佐久良は表御殿の床下へと身を入れた。

旗本屋敷の構造は、どこも同じような造りであった。

玄関に続いて、供待ち、客間、書院、居室、そして奥になる。

「間仕切りさえない」

佐久良があきれた。

かつて上杉謙信《けんしん》は、床下から槍で突かれることを危惧《きぐ》して、分厚い杉板の上で眠りに就いたと言われている。泰平の世のなか、そこまでする意味はなくなったが、それでも万一に備えるのが武士である。

床下の行き来を邪魔する間仕切りくらいは用意されているべきであった。

間仕切りにもいくつか種類がある。通りにくいように木の板を地中深くまで埋めたものから、鉄芯をなかに仕込んだ堅固なものなどがあった。

それを手持ちの道具を使って排除する。なかなか手間な作業であった。

「…………」

それをしなくてすむ。

佐久良は音もなく、伊藤刑部右衛門の居室を目指した。

「ここら……」

床下で佐久良が耳を澄ませた。

「どうなっている」

分厚い畳と床を通じても伊藤刑部右衛門の苛つく声が聞こえてきた。

「…………」

無言で佐久良が竹の節を抜いたものを懐から取り出して、片方を床板にもう片方を耳に当てる。

吹き矢としても使える忍道具の一つで、分厚い床板をものともせずに、音を集めることができた。

「徒目付どもはなにをしている。たかが小人目付あがりの御家人を屠《ほふ》るのにいつまでかかっている」

「申しわけございませぬが、何分にも堂々とおこなうものではなく……」

伊藤刑部右衛門の文句に、徒目付組頭が身を小さくした。

「ことを表沙汰にせずに終わらせようと考えているのではなかろうな」

「…………」

指摘された徒目付組頭が黙った。

「外聞など気にするな」

「仰せではございまするが、話が外へ漏れると二人の徒目付の立場がなくなりますれば」

言い放った伊藤刑部右衛門に、徒目付組頭が穏便にすませたいと願った。

徒目付が御家人を討った。当然それなりの理由が要る。なにもないのに斬りつけたとなると、徒目付が咎めを受ける。

とはいえ、今回は目付の私怨に端を発している。

「伊藤刑部右衛門さまのお指図で」

とは口が裂けても言えなかった。

「密かにいたすしかございませぬ」

上司の命に従っただけの徒目付が罪になるなどたまったものではない。

「射貫を討ち、その場で切腹すればすむだろうが」

伊藤刑部右衛門が命惜しみをするなと述べた。

「…………」

勝手すぎる考えに徒目付組頭が沈黙した。

「三日じゃ、三日」

「まさか……」

指を立てた伊藤刑部右衛門に徒目付組頭の顔色が変わった。

「三日以内に片付けよ。それに間に合わねば……」

「間に合わずば……」

徒目付組頭がおそるおそる尋ねた。

「そなたを含めて、徒目付を辞させる」

「辞任せよと」

徒目付組頭が確かめるように訊いた。

「何度も言わせるな」

伊藤刑部右衛門が罵声を浴びせた。

「わかりましてございまする」

出されていた茶碗に手をつけることもなく、一礼して徒目付組頭が座を立った。

「きっとなせ」

その背中に伊藤刑部右衛門が釘を刺した。

「……辞めたほうが楽じゃ」

伊藤刑部右衛門の屋敷を出たところで、徒目付組頭が吐き捨てるように言った。

「裏の任は果たしても表立っての褒賞は出ぬ。せいぜい目付からいくらかの金が出るくらいじゃ」

表に出せない任は功をあげても褒美の対象にはならなかった。監察も幕府も正々堂々でなければならず、闇討ちなど論外であった。

「さて……砂川三郎四郎と勝倉太次郎助に連絡をせねばならぬな。さっさと引きあげてこいとな」

歩き出した徒目付組頭は、伊藤刑部右衛門を見切っていた。

「役立たずどもめが」

徒目付組頭が伊藤刑部右衛門を見切ったように、伊藤刑部右衛門も徒目付たちを見捨てていた。

「どうしてくれようか」

伊藤刑部右衛門が独りごちた。

「あやつらには射貫の処理を命じてある。さすがに徒目付が余を売るようなまねはせぬだろうが……このまま捨て置くのはいささか不安である」

冷たくなった茶碗を手に、伊藤刑部右衛門が一気にあおった。

「……我が家中に遣い手はおらぬ」

千石の旗本ならば、軍役で士分五名を抱えていなければならない。伊藤刑部右衛門が家臣たちの顔を思い浮かべたが、首を横に振った。

「どうするか。松平越中守さまに今一度お縋りするのもよいが……」

十万石をこえる大名の家中には、剣の遣える者もいるはずだと伊藤刑部右衛門が呟いた。

「……いや、それはまずかろう。これ以上松平越中守さまに遣えぬと思われては意味がない」

伊藤刑部右衛門は松平定信の冷たい眼差《まなざ》しを思い出した。

「どうすればいい」

こういったとき謹厳実直を旨とする目付は、世間知らずすぎて対応の仕方を思い付かなかった。

「……そうだ、あやつを使えばいい」

ふと伊藤刑部右衛門が思いついた。

「越中守さまから紹介された黒鍬者……たしか鈴川武次郎と申したか黒鍬者ならば小人目付一人くらい片付けられよう」

「…………」

鈴川武次郎の名前を聞いた佐久良が一瞬動揺した。幸い伊藤刑部右衛門には、その気配の揺れを感じるだけの武芸の素養がなく、気づかれずにすんだ。

「黒鍬者は、目付が配下。呼びつけようとも問題はない」

普段交流などは一切ないが、それでも表向きは下僚であった。

「左衛門《さえもん》、間左衛門《はざまざえもん》、参れ」

伊藤刑部右衛門が大声で呼んだ。

「……お召しでございまするか」

老年に入ろうかという年齢の武士が、廊下に現れ、片膝を突いた。

「先日、砂川が射貫のことを報告して参ったであろう」

「はい」

間左衛門が首肯した。

「そのとき、黒鍬者のなにがしかに話を聞いたと申しておったと思うが」

目付にすれば、黒鍬者など覚える意味もない軽輩でしかなかった。

「たしか……黒鍬者三番組鈴川武次郎であったかと」

「そうよ、そやつよ。少し問いただしたいことがある。連れて参れ」

「黒鍬者の鈴川武次郎でございまするな。ただちに」

間左衛門が応じた。

「急げ」

伊藤刑部右衛門が右手を振った。

「……さて」

いくら早いといっても、黒鍬者組長屋へ往復しなければならない。かなりのときがかかるのは言わずともわかっている。

伊藤刑部右衛門が、城から持ち帰った書付を手にした。

同僚さえも監査する目付は、周囲すべてが敵に近い。そんなところに大事な書付を残して下城できるはずもなく、目付は毎日書付などの資料を屋敷へ持って帰って処理していた。

「…………」

佐久良はじっと床下で潜み続けた。

「遅くなり、申しわけございませぬ」

一刻半（約三時間）ほど経って、間左衛門が戻ってきた。

「うむ。ご苦労であった」

伊藤刑部右衛門が間左衛門をねぎらった。

「で、黒鍬者は」

「庭で控えさせておりまする」

問うた伊藤刑部右衛門に、間左衛門が告げた。

「よろしかろう」

伊藤刑部右衛門が鈴川武次郎への対応を認めた。

「こちらでございまする」

間左衛門が庭への障子を開けた。

「おう」

座敷から立つこともなく、伊藤刑部右衛門が鈴川武次郎を見下ろした。

「そなたが黒鍬者三番組の鈴川武次郎であるの」

「はっ。鈴川武次郎でございまする」

庭に直接座っていた鈴川武次郎答えた。

「ならば、射貫大伍を存じおるな」

「よく知っております る」

鈴川武次郎が首肯した。

「どのような男だ」

「先日、徒目付の砂川さまからもお尋ねがあり……」

「同じことを言わずともよい」

語りかけた鈴川武次郎を伊藤刑部右衛門が制した。

「ご無礼を仕りました」

なにがあっても身分低き者が悪い、というのが幕府である。鈴川武次郎が伊藤刑部右衛門へ謝罪した。

「よい」

伊藤刑部右衛門が手を振ってかまわないと許した。

「射貫が小人目付時代のことから、御家人になるまでの話をしたと聞いた」

「徒目付さまのお問い合わせにお答えをいたしました」

鈴川武次郎が伊藤刑部右衛門の確認にうなずいた。

「そなたが射貫のことをよく知っているというのはわかった」

「二十年来のつきあいでございますれば」

言われた鈴川武次郎が付け加えた。

「……二十年か。では訊こう」

雰囲気を変えて睨みつけるように、伊藤刑部右衛門が鈴川武次郎を見つめた。

「……なんでございましょう」

鈴川武次郎の背筋が伸びた。

「そなたと射貫、どちらが強い。いや、はっきりと訊こう。どのような手を使ってもよいゆえ、射貫に勝てるか」

「……つっ」

「射貫ごとき、敵ではございませぬ」

伊藤刑部右衛門が発した言葉に、佐久良が息を呑み、鈴川武次郎が胸を張った。

## 四

人を動かすのは、忠義や想いなどの心意気か、利である。

「射貫大伍を討ち果たしたならば、徒目付に取り立ててくれる」

鈴川武次郎は、伊藤刑部右衛門がぶらさげた褒賞に飛びついた。

黒鍬者は武士ではなく、幕府の中間《ちゅうげん》とされている。それが徒目付という目見えはできないが御家人になれる。冬でも足袋がはけず、雨が降ろうとも傘をさすことが許されない小者以下、江戸の辻を整備し、落ちている馬糞を手づかみで片付けなければならない黒鍬者にとって夢のような出世であった。

「御家人になれば、佐久良も喜んで嫁に来るだろう」

伊藤刑部右衛門の屋敷を出た鈴川武次郎は興奮していた。

「…………」

その鈴川武次郎を佐久良が塀の上から見ていた。

「おまえの妻になるだと……天地が返ろうともそれはない」

佐久良が怒りを口のなかで呟いた。

「ここで殺してやりたいが……大伍さまがかかわっている。今は我慢するが、いずれおまえの命はわたしがもらう」

遠ざかった鈴川武次郎の背中に、佐久良が宣した。

「報告をいたしましょう」

佐久良がすっと消えた。

田沼意明は、松平定信のもとへ手の者を入れようとしていた。

「金はいくら遣ってもかまわぬ」

大名が雇い入れるとなれば、身元の確認が要った。中間や小者、下働きの女中など主君や重職に近づかない者ならば容易に雇われるが、士分あるいは屋敷坊主など側近くに寄ることのできる者の選定は厳しい。

「ご加増をちょうだいしたゆえ、新規召し抱えをせねばならぬ」

「お役に就いたゆえ、軍役を満たさねばならぬ」

幕府の定めた人数を満たしていないと、

「御上の法度を守っておらぬ。このような者にお役が務まるとは思えぬ」

足を引っ張る者が出てきかねない。

とくに政敵の多い老中や御側御用取次などは狙われやすかった。

「探しておりまする」

もちろん、今日老中になったから明日定員をそろえなければならないということはなく、猶予は与えられる。

「新規召し抱えは面倒じゃ」

数が力であった乱世と違って、泰平の大名にとって家臣が増えることは、藩庫を圧迫するだけでしかない。

またお役もいつ辞任させられるかわからない。

「お役を辞めたゆえ、そなたはもう不要じゃ」

新規召し抱えだからといって、すんなりと放逐はできないのだ。なにせ数年でも家中にあって、いろいろなことを見聞きしている。

「あそこの家は……」

それこそどのような噂を撒き散らされるかわからない。

新規召し抱えは相当に気を遣うものであった。

松平越中守が田沼主殿頭意次を追い落とし老中首座となったことで、白河藩はごまかしていた軍役不足をきっちりとしなければならなくなった。

「そなたの弟を新規召し出す」

藩士の跡継ぎではない、いわゆる冷や飯食いを召し出して、欠員を埋めようとしても足りなかった。

「算盤《そろばん》も遣えぬ。文字も書けぬ」

いくら家中の者とはいえ、役立たずを抱えるわけにはいかない。数さえそろえればいいわけではなく、それなりに役に立ってくれなければ、禄が無駄になる。

「役立たずでは困る」

すでに家中には、禄に見合うだけの仕事ができない者が増えている。とくに武士の本分である武芸を担う者が酷かった。

「槍は穂先を上にするのでござったか」

「弦が固くて、弓が引けぬ」

「戦もないのに剣術など学んでもしかたあるまいに」

将軍が十一代続いたが、そのなかで戦を経験したのは三人だけ。三代将軍家光のときの天草《あまくさ》の乱が最後の戦いであった。それ以降百年以上も戦は起こっていなかった。ちょっとした一揆はあっても、これは戦いではない。そして、一揆制圧ていどでは手柄が小さい。

「刀を授ける」

「感状を出す」

このていどがほとんどで、

「五石の加増をくれてやる」

一揆の頭領を討ち取るとか、一人で一揆勢を蹴散らすとかをしてのけても、せいぜいこのくらいでしかない。

「無駄じゃ」

武士は戦場で手柄を立てて、褒賞をもらうものである。その戦場がなくなり、褒賞も雀《すずめ》の涙ほどもらえるかどうか。

番方の武士のやる気がなくなるのも当然であった。

また事実、藩としても剣術や槍を遣える者は不要とまでは言わないが、それ以上に藩政を回す人材が欲しい。

金勘定、殖産興業、農政、人事などをこなせる藩士が、藩の中心となっている。

「人手が足りぬ」

藩の財政が泰平という贅沢と軍役という人件費の無駄遣いで逼迫してきた。それを解決することは、武芸ではできなかった。

といっても、武芸ではなく学問を得手とする者でも、いきなり藩の役に立つことはない。

「十年はかかる」

人を育てるのに、ときはかかる。

だが、藩政は待ったなしであった。収入以上の支出は借金となる。そして借金には利息が付く。千両借りたのが一年で一千二百両になった。

「すぐに遣える者が欲しい」

どこの藩でも即戦力となる人材は欲しい。

ここに問題が出てきた。

牢人や商人のなかには、藩政に役立つ者が、藩政に要る者がいる。

ただ譜代の家臣の子息と違って、忠誠心が見こめなかった。それくらいならば召し抱えてから後に、忠誠を植え付ければいい。

忠誠を持たない新規召し抱えは信用できなかった。

「気づかれまい」

「次の納品は任せる」

「ほう、このようなことを」

藩の金を横領したり、出入りの商人から賄賂をもらったり、藩政の秘密を漏らしたりする可能性も高い。

これらのことがあるため、老中首座という幕政の中心となった松平定信は、新規召し抱えをしなければならないが、その手配に手間と暇をかけざるを得なくなっていた。

そこを田沼意明は突こうとしていた。

白河藩へ手の者を入れて、松平定信の弱点をあるいは汚点を探る。

もちろん、田沼意次も手がけていた。だが、松平定信は、隙を見せなかった。なにせ田沼意次という最大の政敵がいたからであった。

斃そうとしている相手がいる。それも今の己が逆立ちしても敵わないとなれば、攻勢に出ることはできない。できることは好機到来まで耐え忍び、守りを固めることである。その守りを破るのが、獅子身中の虫であった。

結果、松平定信は田沼意次を倒すまで、隙を見せることはできなかった。

「勝った……」

その辛抱も終わった。

松平定信は田沼意次を幕政から排除して、吾が世の春を謳歌した。

「謡《うた》い舞っていればいい。今はな」

田沼意次の後を継いだ意明は、松平定信への復讐を開始しようとしていた。

「白河の奥州屋に一人入れておりまする」

腹心が手配はしていると答えた。

「国元ではなにかと手間がかかる。祖父があの世に行くまでに一つでも希望の持てる土産話を聞かせてやりたい」

江戸でどうにかしろと田沼意明が要求した。

「……商家に人を入れるとの手段は江戸で遣えませぬが」

国元の御用商人と江戸の御用商人では、付き合いの深さが違う。どうしても江戸の御用商人だと難しい。

「牢人を遣え」

江戸には仕官の口や仕事を求めて、全国から牢人が集まってきている。そのほとんどはどこも欲しがらない役立たずだが、なかには主家の咎めに巻きこまれて牢人せざるを得なかった有能な者もいた。

ただ、その有能さを知らしめることができていない。

「評判を作りまするか。かなり無理をすることになりまするが」

どこそこに算術のできる牢人がいるとか、もと勘定方で藩の財政をささえていた人物が逼塞《ひっそく》しているとかの噂を撒くことで、その名を江戸に知らしめる。

噂を拡げるくらいは簡単だと思われがちだが、そのへんの人寄り場所である髪結い床や湯屋、煮売り屋くらいで話をしたところで、まず江戸中に拡がらない。

なぜなら庶民にとって、牢人の仕官口などどうでもいいからであった。

有能だという噂は、江戸にいる武家の間、悪くても名の知れた商人の耳に届かなければ意味はない。

「金を遣え。宝物庫を空にしてもいい」

困難だと首を横に振る腹心に、田沼意明が許可を出した。

田沼意次の没落で江戸屋敷、相良《さがら》の城地を取りあげられたが、洗いざらい持っていかれたわけではなかった。

まだ田沼家が天下の大政を握っているときに、その機嫌を取るために大名や旗本、商人が献上した物品のいくつかは残されていた。

これは幕府が田沼家へ手を入れたときに見つけられておきながら、もとの持ち主がわからなかったことでそのままにされたものであった。田沼家との付き合いが表沙汰になることを避けたかった大名家や旗本が、口止め代わりにと知らぬ顔をした書や絵画、江戸の豪商が田沼家と付き合っていたとして痛くない腹を探られるのを避けたがって、口をつぐんだ宝物などである。

なかには田沼家から余剰の金を預かって、運用していた商家から返還させた金もある。さすがに無限に遣えるほどではないが、すべて合わせれば数万両にはなった。

「わかりましてございまする。費用はそれを充てさせていただきまするが、人選はいかにいたしましょう」

腹心がさらなる問題を口にした。

「……任せる」

田沼意明が苦い顔をしながら、一任すると言った。

いかに評判をあげようにも、対象となる人物がいなければならないし、適当な牢人を市中から見いだしたところで、没落した田沼家の細作となって今をときめく老中首座の腹中の虫になるとは思えない。

他にもかつて五万七千石だったころの家臣で、減封とともに放逐された連中が、今更田沼家に忠誠を尽くしてくれるはずもなかった。

となると、現在家中にいる藩士のなかから人を選ぶことになった。それは、その藩士を一度放逐することになる。

「なぜ拙者が……」

藩士の数を六分の一にまで減らすという大粛正を、なんとか潜りぬけて生き残った藩士にしてみれば、

「かならず復帰させる。そのときには大幅な加増も約束する」

と言われても納得できるものではない。

なにせ藩は都合で人を捨て去るというのを目の当たりにしたのだ。

それこそ、喜々として松平定信のもとへ奔《はし》りかねなかった。

「あてがあるのか」

田沼意明が腹心に問うた。

「他人に押しつけるわけにも参りますまい。わたくしがそのお役目果たしましょう」

腹心が自分がやると名乗り出た。

「……よいのか」

「その代わりと申してはなんでございまするが、妻の実家に残しておきますので息子が元服いたしましたら、今まで通りの家禄を与えていただきたく」

「それくらいならば……」

「あと、無事に任を果たしましたのちには、家老格五百石いただきとうございまする」

思ったよりも軽い願いだとうなずきかけた田沼意明に腹心が付け加えた。

「五百石……」

一万石の大名では、城代家老でさえ百石からよくて二百石と身代は少ない。かつて五万七千石だったときの田沼家でも五百石といえば、用人以上の重職でなければ届かない家禄であった。

要求に田沼意明が驚愕した。

「越中守さまが落ちられれば、ご当家の領地も増えましょう。かつてほどではなくとも三万石くらいには。さすれば五百石が高いとは……」

腹心が予想を語った。

「……わかった」

領地の加増を否定すれば、ただの復讐になってしまう。復讐は田沼意明が松平定信へ抱いている感情でしかなく、家臣たちも同じ思いをしているわけではなかった。

「では、これにてしばしお別れを申しまする」

腹心が平伏した。

大伍が江戸へ入ったのは、すでに日が暮れてからであった。

二人の徒目付の後始末というか、死体の隠蔽に思ったよりも手間がかかったことが、大伍の疲れを増していた。

「くたびれたわ」

「……死人には不要だとはいえ、さほどの金ではなかった」

二人の懐から財布を抜いたが、徒目付の持ち金など知れている。旅路にあったぶん多かったのだろうが、足がつきやすい太刀を売り払うことができなかったので、実入りは少なかった。

「……灯《あか》りが点いている」

大伍が屋敷から漏れる灯に警戒した。

「…………」

気配を消して大伍が、屋敷の扉を開けた。

「おかえりになりましたか」

「……佐久良か」

出迎えた佐久良に大伍が驚いた。

若い娘に夜道を行かせるわけにはいかないと、大伍は明るいうちに佐久良を帰すようにしていた。

「なにがあった」

いつもと違う佐久良の行動に、大伍の目つきが鋭いものとなった。

「まずは足袋をお外しくださいませ。お濯《すす》ぎを用意いたしますゆえ」

旅で汚れた足回りをまずは洗えと、佐久良が大伍を促した。

「ああ」

埃だらけの手甲脚絆《てっこうきゃはん》のまま座敷に上がれば、あとの掃除が面倒になる。そして、今屋敷の掃除をするのは佐久良である。

大伍は佐久良の言葉に従うしかなかった。

「御用の御旅お疲れさまでございました」

旅装を解き、常着に着替えた大伍に、佐久良が白湯《さゆ》を差し出した。

「馳走《ちそう》になろう」

大伍が湯飲みを受け取って、一口含んだ。

「ここ二日は、こちらで寝泊まりをさせていただいておりまする」

佐久良が口を開いた。

「お父上さまの許しは出ているのか」

「そうせよと父が申しまして」

問うた大伍に佐久良が答えた。

「ならばよいが……」

大伍が湯飲みを置いた。

「で、なにがござった」

真剣な眼差しで大伍が尋ねた。

「いくつかご報告せねばなりませぬが、順を追ってお話をさせていただきまする。まずは、隣家に徒目付の勝倉太次郎助という者が潜んで、当家を探っておりました」

佐久良が語り始めた。

「さらに砂川某とかが、黒鍬組長屋へ大伍さまのことを調べに……」

「その二人のことならば、もう気にせずともよい」

「……はい」

それだけで佐久良は悟った。

「伊藤刑部右衛門の指示とわかりましたので……」

佐久良が屋敷へ忍んだことを話した。

「あやつか。しつこい」

大伍が苦い顔をした。

「鈴川武次郎が……」

「そうか。今度は片付けてくれる」

「目付に知られることになりませぬか」

襲ってきたら返り討ちにすると言った大伍に、佐久良が懸念を表した。

「表だって咎められるようなまねはせぬ。なにより、これ以上の手出しは、公方さまがお許しになるまい」

すでに一度警告は出ている。それを無視したとなれば、家斉の顔を潰すことになる。家臣に逆らわれて、それを受け入れるほど家斉は甘くないと大伍は言った。

「わたくしがいたしましょうか」

鈴川武次郎を始末するのを任せて欲しいと、佐久良が言った。

「佐久良のせいではない」

大伍が首を横に振った。

もともと大伍と鈴川武次郎の遺恨は、佐久良が原因であった。鈴川武次郎が佐久良に横恋慕したことで、大伍が恨まれる羽目になった。

「ですが……」

「いい女を吾がものとする男の宿命《さだめ》だ」

まだ納得しない佐久良に、大伍が笑って見せた。

「ごまかしは卑怯です」

佐久良が膨れた。

「話はそれだけか。ならば報告を認《したた》めねばならぬ」

夜遅くに男女が一つ座敷にいるのはまずいと、大伍が佐久良に休むように告げた。

「あと一つ……」

佐久良がまだ伝えることはあると述べた。

「なんだ」

「隣家の中野一右衛門さまですが」

「あの御仁か。正体でも知れたか」

大伍が中野一右衛門の顔を思い出した。

「お城下目付をなさっておられまする」

「……目付と繋がっていると」

大伍が表情を変えた。

「伊藤刑部右衛門の配下ではないそうでございまする」

お城下目付は、目付部屋の陰支配下にある。いかに目付といえども個人で命令を下せる相手ではなかった。

「父が話したそうでございまする」

「森藤どのがか……で、どうすると。始末なさると」

黒鍬者の隠密方である佐久良の父が危険を見過ごすことはない。

「いいえ」

佐久良が首を左右に振った。

「では、中野一右衛門をこのまま放置するのか。それはまずかろう」

ずっと見張られているようなものである。大伍が腕を組んだ。

「親娘《おやこ》になればよいだろうと」

「……親娘」

佐久良の口から出た言葉に大伍がわけがわからないといった顔をした。

「わたくしを養女に迎えていただきまする」

「なんだとっ」

予想外のことに大伍が絶句した。

「大伍さまの妻となるには、黒鍬者では不足。どうにかして御家人のどなたかに養女としていただかねばなりませぬ。ですが、そのような伝手も金も……」

佐久良がうつむいた。

「……すまぬな」

射貫家も一度小者まで身分を落としたことで、親族から絶縁されており、佐久良のことを頼む相手はいなかった。

「ですからちょうどよいと、父が中野一右衛門さまに交渉をいたしまして」

「交渉……」

徒目付を長くしていた者しかお城下目付にはなれない。そしてそういった者ほど黒鍬者の恐ろしさをわかっている。

「で、返事は」

「喜んでとの、ご返事だったそうでございまする」

大伍の問いに佐久良が微笑んだ。

「どのような交渉をしたのやら」

中野一右衛門も森藤も一筋縄でいく人物ではない。まちがいなくその交渉に大伍はまきこまれる。大伍は二人の間でおこなわれた遣り取りを想像して、嘆息した。

「近いうちにご挨拶に行ってくださいまし」

そんな大伍の想いを気にせず、佐久良が願った。

「ああ」

すでに話はできているとあきらめた大伍は、うなずくことしかできなかった。

この作品は徳間文庫のために書下されました。

徳間文庫

隠密鑑定秘禄四

縁《えん》組《ぐみ》



2024年12月15日 初刷

著者 上《うえ》田《だ》秀《ひで》人《と》

発行者 小宮英行

発行所 株式会社徳間書店

東京都品川区上大崎三—一—一
目黒セントラルスクエア 〒141—8202

電話 編集〇三(五四〇三)四三四九
販売〇四九(二九三)五五二一

振替 〇〇一四〇—〇—四四三九二

印刷 製本 中央精版印刷株式会社

ISBN978-4-19-894955-6 (乱丁、落丁本はお取りかえいたします)

# 上田秀人「将軍家見聞役 元八郎」シリーズ

## 第一巻 竜門《りゅうもん》の衛《えい》

八代将軍吉宗の治下、老中松平乗邑は将軍継嗣・家重を廃嫡すべく朝廷に画策。吉宗の懐刀である南町奉行大岡越前守を寺社奉行に転出させた。大岡配下の同心・三田村元八郎は密命を帯びて京に潜伏することに。

## 第二巻 孤《こ》狼《ろう》剣《けん》

尾張藩主徳川宗春は八代将軍吉宗に隠居慎みを命じられる。ともに藩を追われた柳生主膳は宗春の無念をはらすべく、執拗に世継ぎ家重の命を狙う。幕府の命運を背負う三田村元八郎は神速の太刀で巨大な闇に斬り込む。

## 第三巻 無《む》影《えい》剣《けん》

江戸城中で熊本城主細川越中守宗孝に寄合旗本板倉修理勝該が刃傷に及んだ。大目付の吟味により、勝該は切腹して果てたが、納得しかねた九代将軍家重は吹上庭番支配頭・三田村元八郎に刃傷事件の真相究明を命じる。

## 第四巻

# 波《は》濤《とう》剣《けん》

父にして剣術の達人である順斎が謎の甲冑武者に斬殺された。仇討ちを誓う三田村元八郎は大岡出雲守に、薩摩藩とその付庸国、琉球王国の動向を探るよう命じられる。やがて明らかになる順斎殺害の真相。悲しみの秘剣が閃く!

## 第五巻

# 風《ふう》雅《が》剣《けん》

京都所司代が二代続けて頓死した。不審に思った九代将軍家重は大岡出雲守を通じ、三田村元八郎に背後関係を探るよう命じる。伊賀者、修験者、そして黄泉の醜女と名乗る幻術遣いが入り乱れる死闘がはじまった。

## 第六巻

# 蜻《かげ》蛉《ろう》剣《けん》

抜け荷で巨財を築く加賀藩前田家と、幕府の大立者・田沼主殿頭意次の対立が激化。憂慮した九代将軍家重の側用人・大岡出雲守は、三田村元八郎に火消しを命じる。やがて判明する田沼の野心と加賀藩の秘事とは。

全六巻完結

徳間文庫 書下し時代小説 好評発売中

# 上田秀人「織江緋之介見参」シリーズ

## 第一巻 悲恋《ひれん》の太刀《たち》

天下の御免色里、江戸は吉原にふらりと現れた若侍。名は織江緋之介。剣の腕は別格。彼には驚きの過去が隠されていた。吉原の命運がその双肩にかかる。

## 第二巻 不忘《わすれじ》の太刀《たち》

名門譜代大名の堀田正信が幕府に上申書を提出した。内容は痛烈な幕政批判。将軍家綱が知れば厳罰は必定だ。正信の前途を危惧した光圀は織江緋之介に助力を頼む。

## 第三巻 孤影《こえい》の太刀《たち》

三年前、徳川光圀が懇意にする保科家の夕食会で起きた悲劇。その裏で何があったのか——。織江緋之介は光圀から探索を託される。

## 第四巻 散華《さんげ》の太刀《たち》

浅草に轟音が響きわたった。堀田家の煙硝蔵が爆発したのだ。織江緋之介のもとに現れた老中阿部忠秋の家中は意外な真相を明かす。

## 第五巻 果断《かだん》の太刀《たち》

徳川家に凶事をもたらす禁断の妖刀村正が相次いで盗まれた。何者かが村正を集めている。織江緋之介は徳川光圀の密命を帯びて真犯人を探る。

## 第六巻 震撼《しんかん》の太刀《たち》

妖刀村正をめぐる幕府領袖の熾烈な争奪戦に織江緋之介の許婚・真弓が巻き込まれた。緋之介は愛する者を、幕府を護れるか。

## 第七巻 終焉《しゅうえん》の太刀《たち》

将軍家綱は家光十三回忌のため日光に向かう。次期将軍をめぐる暗闘が激化する最中、危険な道中になるのは必至。織江緋之介の果てしなき死闘がはじまった。

## 上田秀人「お髷番承り候」シリーズ

### 一 潜《せん》謀《ぼう》の影《かげ》

将軍の身体に刃物を当てるため、絶対的信頼が求められるお髷番。四代家綱はこの役にかつて寵愛した深室賢治郎を抜擢。同時に密命を託し、紀州藩主徳川頼宣の動向を探らせる。

### 二 奸《かん》闘《とう》の緒《ちょ》

「このままでは躬は大奥に殺されかねぬ」将軍継嗣をめぐる大奥の不穏な動きを察した家綱は賢治郎に実態把握の直命を下す。そこでは順性院と桂昌院の思惑が蠢いていた。

### 三 血《けつ》族《ぞく》の澱《おり》

将軍継嗣をめぐる弟たちの争いを憂慮した家綱は賢治郎を密使として差し向け、事態の収束を図る。しかし継承問題は血で血を洗う惨劇に発展——。江戸幕府の泰平が揺らぐ。

### 四 傾《けい》国《こく》の策《さく》

紀州藩主徳川頼宣が出府を願い出た。幕府に恨みを持つ大立者が沈黙を破ったのだ。家綱に危害が及ばぬよう賢治郎が目を光らせる。しかし頼宣の想像を絶する企みが待っていた。

### 五 寵《ちょう》臣《しん》の真《まこと》

賢治郎は家綱から目通りを禁じられる。浪人衆斬殺事件を報せなかったことが逆鱗に触れたのだ。事件には紀州藩主徳川頼宣の関与が。次期将軍をめぐる壮大な陰謀が口を開く。

## 六 鳴動《めいどう》の徴《しるし》

激しく火花を散らす、紀州徳川、甲府徳川、館林徳川の三家。甲府家は事態の混沌に乗じ、館林の黒鍬者の引き抜きを企てる。風雲急を告げる三つ巴の争い。賢治郎に秘命が下る。

## 七 流《る》動《どう》の渦《うず》

甲府藩主綱重の生母順性院に黒鍬衆が牙を剝いた。なぜ順性院は狙われたのか。家綱は賢治郎に全容解明を命じる。身命を賭して二重三重に張り巡らされた罠に挑むが——。

## 八 騒《そう》擾《じょう》の発《はつ》

家綱の御台所懐妊の噂が駆けめぐった。次期将軍の座を虎視眈々と狙う館林、甲府、紀州の三家は真偽を探るべく、賢治郎と接触。やがて御台所暗殺の姦計までもが持ち上がる。

## 九 登竜《とうりゅう》の標《しるべ》

御台所懐妊を確信した甲府藩家老新見正信に、大奥に刺客を送って害そうと画策。家綱の身にも危難が。事態を打破しようとする賢治郎だが、目付に用人殺害の疑いをかけられる。

## 十 君《くん》臣《しん》の想《そう》

賢治郎失墜を謀る異母兄松平主馬が冷酷無比な刺客を差し向けてきた。その魔手は許婚の三弥にも伸びる。絶体絶命の賢治郎。そのとき家綱がついに動いた。壮絶な死闘の行方は。

全十巻完結